Coups de Soleil

Cher lecteur,

Ceci n'est ni une autobiographie, ni une œuvre de fiction. Il me titillait d'écrire un ouvrage autour de ce que j'ai vécu, mais il me titillait aussi de l'arranger de sorte à ce qu'il puisse t'intéresser. Cher lecteur, peut-être es-tu le sujet d'un ou de plusieurs des textes présents dans ce livre, ou même celui d'une de ses sections, si c'est le cas, tu te reconnaîtras, et bon courage à toi. Sinon profite des rayons de soleil sur ta peau, et n'oublie pas la crème solaire, certains passages de certains textes peuvent peut-être te heurter.

Bonne lecture :)

Table des matières:

1. HUMANITÉ

Coups de Soleil
Quelque Secondes
Aléan
Cris de Guerre
Passé
Multiverse
Le Trouble du Monde
Platane
Sky
Réalité
Corps
Coupures
Les Airs du Soir
Rejoindre les Étoiles
Derrière le Miroir
17
Soleil au Sol
Paradoxe
Foudre Physique
Le Garçon qui Pleure
Fermeture
Mémoire

Looks

2. Moi Tournesol

Tournesol
On Verra
Sa Peau
Primal
Chut Automne
Sometimes

Tornade

3. Le Sang du Monstre

L'Infirmière
Albâtre
Évanescence
Bleu Froid
Mourir par Amour
Fièvre onirique
Minuits I
Neptune
Crash
Une Page de Roman
Le Chant des Sirènes
Minuits II
Smoke
Ah Bon ?
Avion
Arme Blanche

Live

4. Les Inconnus

« T'aurais pas du feu ? »
Après-midi d'Été
Brûler d'Amour
Moonboy
Embrasser
Feu
Corbeau
Messages Oculaires
Perfection
« Un p'tit truc »
En Face de la Gare
Échos Nuptiaux
Supernova
Piano
Osmose
Espoir
Elle

Vertige
Tes Nuits
Nouvelle Âme
Rendez-vous
Vide
Virée en Moto
Triste Nouvelle
Sur les Quais
Friction Humide
Bâteau
Limonade
Traces de Sel
Visage
Comète
Congratulations - Mac Miller
Baiser Marin
Danse/Rires
29 Avril

Nuages

5. La Foule

Boule à Facettes
Hurlements
Le Bruit du Monde
<3
L'Espace
Carmen
Douce Ivresse
Paname
Fin de Soirée
Échappatoire
J'ai Quelque Chose à te Dire
Prologue Estival
Spectateurs

Playboy

6. Amour Ignoble

The Love Cycle
Lunatique
Nuances Rouges
S'Aimer
But Why?
Papier
Rêve Prémonitoire
Parallels
Cœur Brisé
Cœur à Cœur
« L'Enfer, c'est les Autres »
Philophobie
Les Quatres Saisons
Manque Poétique
With You
Pluie
'Je t'aime'
19
Wish
Sauter d'un Pont
Dénis
Getting Over You
Tueur de Fleurs
Désillusion
Chemise Blanche
Tendresse
Bien et Toi ?
Écrire l'Amour
Ton Manque
Le Regard qui Tue
.. . ….
C'Est Fini
Monsieur le Héro
Unilatéralité
Parce Que
Cherries
By the Window
Wanna Love ?

Cinéma
Canned Coke
Fleur Bleue
L'Orange et le Blanc
Le Bon Vouloir
Cadavre Mort
Peau Lisse
Apart
Home
12:12
Elle Est l'Autre
Clothes
Besoin
Le Tourbillon
Flétrissure
Tremblement
Forêts
Lit Sang
La Douceur d'un Souvenir
Comme les Châtaignes de Décembre
Elle Ressemble à sa Mère

Inexistence

7. Les Lettres Jamais Envoyées

Retour
Amour Secret
Sad Apologies
Juste,
Confession
Enfer Cardio-Vasculaire

Song Lyrics

8. Eux

« Adultes »
Sobriété
Incendie

Vous qui me Haïssez
Cruauté
Écran
Bougies
Chemin Vers une Nouvelle Vie
Prison
Que Vous Compreniez

Filtre

9. L'Intrépide

L'Intrépide
Coupe-Souffle
Rush
Comme Arthur l'A Écrit
Sourire
Utopie
Éclipse
Chaos
Prisme
Douleur que Tu Signes
Évasion
Yeux Gris Sous Ciel Noir
Comme Si
Le Poète Inconnu
Cristaux
Le Brin Dansant
Paradis et Vous
Retrouvailles
Froid
L'Ignorance
Rêve Vomitif
Âme Sœur
Pas Encore
Je n'Avais pas Fini

Calepin

HUMANITÉ

Coups de Soleil

Il y a des poissons dans la lagune et des oursins sous les roches.

L'eau salée me longe la peau et me boucle les cheveux.

Je regarde les vagues,

Assis,

Comme inanimé sous le soleil devant ce spectacle à couper le souffle.

Mes épaules commencent à me brûler un petit peu, mon dos aussi,

Mais assis sous le soleil je demeure

Tant hypnotisé par l'été je suis.

Je suis en train de prendre des coups de soleil et le soleil nous regarde.

Avec nos sentiments,

Nos actes,

Nos amours…

Le soleil nous regarde en nous embrassant de ses coups,

Et tous les humains le subissent.

Tous les humains le vivent.

Avoir mal en prenant sa douche après la plage,

La peau qui pèle,

Ne plus supporter le simple fait de porter un t-shirt…

Voici le charme des coups de soleil.

Quelques Secondes

Vais-je mourir ou vais-je pouvoir les revoir?

Peut-être qu'il est impossible d'avoir l'un sans l'autre.

Après tout,

Ce n'était pas mon idée de tous les voir partir,

Je n'étais pas prêt, je n'ai aucun souvenir de comment ils m'ont annoncé son départ

Mais ils disent tous qu'il nous regarde.

Je n'ai même pas eu besoin de pleurer quelques secondes…

Peut-être est-il près de moi à regarder la télé,

En connaissance de mes secrets.

Chacun d'entre eux.

Je n'ai jamais pleuré la mort

Même si je me la suis espérée.

Mais vais-je enfin partir?

Offrir à mes parents de jolis couchers de soleil?

Attendant doucement quelques secondes,

Le temps qu'ils pleurent de me voir m'en aller.

Je n'ai même pas fait de valise.

Assis sur le carrelage de la baignoire, le sang coule.

Dieu existe-t-il?

Vais-je enfin connaître la vérité?

Pleurer le ciel à chaque coucher de soleil?

Même si je n'ai jamais ressenti le besoin de pleurer la mort.

Pas même quelques secondes.

Aléan

Allongé sur l'herbe la pluie tombe

Et il sent sa peau hurler des cris de guerre à la lune.

Il fait nuit, malheureusement

Et il a froid, Alean.

Les étoiles jouent avec lui au regard qui tue mais il gagne.

Sur cette onde noire son cœur sonne

Et l'orage, doucement tonne.

Ses doigts emmêlés aux cordes métalliques de sa guitare acoustique.

L'immensité du ciel le mange de baisers

Et il en pleure, tête baissée.

Comment ce petit ange peut-il taire toutes les couleurs de l'univers ?

Sa peau doucement mauve

Son corps tremble, comme un fauve.

Pauvre Alean ne voulait qu'entendre sa voix rire pour une fois.

Sa musique enfreint les lois sociales

Et les gens le voient, il est pâle.

Alean est différent par son silence fantomatique.

Le toucher est impossible

Même quand il devient fébrile.

Qu'il tremble et hurle à l'aide aux âmes daignant l'écouter.

Il a perdu toute foi

En cette humanité qui fut sa joie.

Histoires d'autrefois où il ne pleurait pas devant la pluie.

Tout ça parce qu'il n'existe pas.

Cris de Guerre

On entend les pistolets depuis l'extérieur du champs de bataille,

Amour sanglant.

La terre noircit les pieds nus des soldats endormis,

Des balles sur le dos.

La vie nous a ainsi faits et nous le resterons si tout demeure calme,

Au milieu du sang de la bataille.

On entend des hallalis assourdissant nos peines de cœurs déchirés,

Des cris. Que des cris.

Les fusils fument et les hommes se battent sans compromis,

Blessures éternelles.

Marchant sur des cailloux on se cache, on se tait, on attend la bombe.

Le danger nous surplombe.

Et dans le ciel gris couvrant le sol goudronné des villes modernes,

La mer reste silencieuse.

Derrière les buissons ils attendent le signal d'attaque,

Les civils se noient dans la peur.

Cœur à cœur.

Le soleil ne lèvera plus jamais.

Feux de forêt,

Animaux en pleine extinction,

Le cœur des poètes brise le corps de ces êtres inanimés.

La peau en lambeaux, notre âme est à jamais noire et souillée.

Épiderme sur épiderme.

Plus d'humanité.

L'humanité est morte.

Terminé l'humanité.

Les octogénaires s'endorment tous les soirs, toute la nuit,

Attendant la paix.

Mais sous les étoiles réveillées des milliers de soldats se battent pour demeurer existants, vivants.

Rimbaud écrit que le dormeur du val est mort avec deux trous rouges au côté droit.

Le bois s'endort paisiblement.

Des corps allongés, des dormeurs du val qui prient pour leur liberté.

Les boyaux de leurs frères déchiquetés.

C'est la même chose pour les deux camps,

Les deux partis qui se battent pour une seule et même chose: un bout de terre.

Le règne des rois sages tombe,

C'est la révolution.

Les enfants pleurent pour la paix.

Des drapeaux blancs décorent le ciel.

Dieu n'a rien pu y faire.

Les hommes se sont avalés.

L'un après l'autre ils s'endorment

paisiblement,

Des cris de guerre déchirant les forêts.

Passé

Aujourd'hui j'ai remonté le temps,

Lisant des anciens textes

Je me suis souvenu d'antan,

Replongé dans ce vortex

J'ai ris d'anciennes larmes de tristesse,

Me baladant dans nos échanges

Ah les erreurs de jeunesse!

Sentiment de honte qui dérange

Vise à faire fuir le temps qui passe

Et Apollinaire l'avait dit,

"Les souvenir sont cors de chasse"

Et nos histoires restent futiles,

Les petits ont grandi

Et ce sont créé des souvenirs utiles.

Multiverse

Allongé sur l'herbe, au plus profond de la nuit,

Un ange se reposait.

Sa tête tournait sans arrêt, comme une toupie,

Et il pensait si fort que ses battements de cœur étaient lisibles.

Un oiseau, un phénix,

Alla secouer l'ange pour le réveiller doucement,

Comme dans un bon ménage, avec un pansement.

L'ange recoiffait ses boucles dorées.

Il ne voulait quitter l'aurore de l'été.

Les yeux de l'ange étaient bleus,

Et comme dans miroir, nous pourrions y voir du feu.

Enfin une réponse de Dieu,

Pour savoir si enfin je peux devenir pieu.

L'ange nous confia un secret au creux des oreilles, un nouvel univers.

Plusieurs, des milliards, des milliers !

Un infini de milliards et de milliers…

Ma question ne fut plus la même alors.

Être pieu ne m'intéressait pas, je voulais savoir, comprendre.

Pouvoir les voir dansants.

Ces univers tous différents.

Ma nouvelle question était devenue sans espoir de réponse.

Et elle le demeura.

Il y a une différence entre savoir et pouvoir.

Vouloir toucher le ciel.

Sommes-nous tous réels ?

Le Trouble du Monde

Le trouble du monde crée des esprits malveillants.

Il tourne et me donne la nausée,

La réalité devient irréelle.

Les ombres défilent

J'ai peur.

Elles dansent entre elles et c'est les fantômes de mon âme.

Je le sais,

Je le vois.

Un enfant aux cheveux bouclés,

Yeux marrons qui danse,

Dans l'herbe fraîche marocaine,

Devant les montages denses.

L'innocence me manque.

Ne pas connaître l'inexistence de notre monde et son insignifiance.

Mon corps ne m'appartient plus,

Il ne m'a jamais appartenu.

Ma braguette béante devant les corps.

Leurs courbes et leur odeurs,

Leur peau blanche comme du papier

Douce comme un lys.

La lune me regarde.

Sorti de l'appartement de mon énième orgasme,

Dans la rue froide

Le soir

Le lampadaire m'éclaire

Et je ne le mérite pas.

J'ai tué mon ange gardien et je suis devenu rouge.

Sous les lumières qui clignotent et la musique qui gronde, l'enfer m'appelle.

Je suis les esprits malveillants que crée le trouble du monde.

Je laisse mon dos se tordre sous la pression de ses mains.

J'expire et c'est de la fumée qui sort.

J'inspire et c'est la réalité qui s'endort.

Sa peau est froide,

Son empoigne est forte.

J'ai eu une période où mes bras ensanglantés salissaient mes draps.

C'est le même type de douleur.

Le même truc inévitable.

Au milieu de la chambre d'hôtel,

La chambre était fermée.

Attaché,

Je me suis débattu pour survivre mais je n'ai pas vraiment survécu.

Je suis vivant,

Mais même sans égratignures mes souvenirs déchirent l'intérieur de mon abdomen au fur et à mesure que la flamme de cette pensée se rallume et consume la totalité de mon être.

Et personne ne l'a jamais su.

Suis-je vivant?

Non.

C'est juste que le trouble du monde crée des esprits malveillants.

Platane

Les feuilles du platane

Planent

Clapent et vivent sous le soleil du printemps.

Grâce au miracle de la nature

Cadrant dans les murs

Un petit brin de petit amour

Se dessine au fin fond de tes yeux.

Allongé au sol je pense à nous,

Ma pensée ne s'arrête plus

Les souvenirs et les fantasmes tombent partout contre le sol de ma tête,

Comme les feuilles du platane.

Platane que j'observe, qui me fascine et que tu incarnes.

Il est symbole d'un changement de saison,

D'une nouvelle ère.

L'ère d'après toi parce que tu es enfin oubliée,

Peut être pas pour toujours parce qu'après l'hiver les feuilles du platane repoussent,

Mais même les souvenirs n'auront plus un aussi doux mauvais goût.

Sky

The sky's falling asleep.

Summer night

On the 18th of June.

The sun is setting down

And some kids are carrying a baby bird.

I don't know anything about those kids, just that they are innocent.

As innocent as the sky,

That watches us do the most terrible things in the world and keeps its mouth shut.

The baby bird's awake.

Scared.

Under the sky we all dream of.

And the further I go into writing this poem the darker it gets,

The prettier it becomes.

And as beating as my heart is I never want it to end.

Sitting down on a blue fountain,

Writing poetry,

About the sunset.

Réalité

Je pense que je vais tomber pour chaque courbe de son visage,

Hors du temps.

Chaque fragment de son âme

En courant.

Je pourrais traverser la mer de ses yeux,

À jamais

Pourtant,

Mon cœur bat plus fort quand sa voix bat à mon oreille,

Lentement,

Comme dans un rêve où ses lèvres sont sur mon cou,

Délice n'est-ce pas?

Nos cœurs sont pour toujours nos rois

Et rien à foutre de la loi,

Vivons, aimons

Embrassons, chantons

Vivons.

Tout simplement.

Et j'ai envie que tu m'apprennes à vivre,

À tomber amoureux,

Vraiment,

Pour de vrai dans la réalité de l'univers et le concret de l'humanité.

Je veux laisser des traces rouges sur ton col,

Les voir, les embrasser

Tout le temps,

Pour toujours

Et mon âme est propice à chaque sentiment,

Hardiment,

Aussi abstrait que le concret

Et aussi concret que la réalité.

Corps

Trente-trois.

Il y a trente-trois vertèbres dans la colonne vertébrale.

Elles se hérissent quand ma peau les touche,

Elles se brisent quand j'y colle ma bouche.

Assoiffée,

Ma chair te crie,

La tienne me tue.

Tes os se courbent doucement pour m'offrir les parfaites sensations.

Idées d'imagination.

Sous les draps quand on hurle,

Quand tu transpires le désir et que tes yeux sont pleins d'étoiles,

Je regarde les gouttes couler le long de ton front

Et me noie dans ton cou.

Sa senteur est agréable,

Même enivrante…

Aussi vaste que les océans

Tes lèvres entre mes dents.

Regarde tes jambes,

Elles tremblent.

Elles sont rouges je les ai dévorées,

Tes cuisses qui maintenant sont sous mon emprise.

Tu as la peau laiteuse,

L'épiderme impur.

Un amour infini à l'envers de tes yeux.

Tes yeux…

Quand on y nage on s'y perd.

Par pure définition.

Ils roulent sous l'emprise de ma langue

Et j'aime le goût de ton corps

Et ton souffle contre ma peau.

Si je devais surnommer ta langue je l'appellerais mienne.

Elle s'emmêle à chaque courbe de ma bouteille corporelle,

Ta tête contre mon cœur,

Un fragment de nos âmes en douceur.

Coupures

Si un jour le mal venait à s'abattre sur vous,

Et que vos paupières résidaient fermées.

Auriez-vous un autre recours que de tenir un discours tendre?

Et si la mort vous emportait, seriez-vous en transe?

Entendez les crachats flamboyants d'une arme de métal,

De ces lances qui frappent à distance comme des dégénérées.

Criez à l'aide face à un mur qui ne conduit qu'au silence,

Quand sur vos bras sont des coupures à l'arme d'acier

Que même le meilleur des sangs ne pourrait refermer.

Adieu aux oiseaux qui autrefois me berçaient,

Regardez ce souvenir tendrement vous embrasser.

Voici la fin d'une existence,

D'une époque où l'âge se comptait en cicatrices…

Adieu à nos âmes qui, vagabondes, furent victimes de cette apocalypse.

Les Airs du Soir

Ma route se consume sous les étoiles qui dorment paisiblement,

On peut y voir du noir saluer l'extinction du firmament…

Excusez-le, il pensait bien faire,

En embrassant leur brillance il ne voulait que leur plaire,

Lui les aimait profondément…

Plongé dans la brume nocturne je me rappelle la doctrine: « Ne salit pas le noir, il l'est déjà bien assez… » Mes doigts frêles effacent alors les traces du passé.

Les airs du soir font frissonner ma peau,

Il y a de l'amour en eux,

Un amour de la guerre

Qui nous fait mourir encore un peu…

Mes jambes me font mal,

Je me pavane depuis que la nuit tombe comme un funambule de son fil:

Il n'y avait pas de filet en dessous,

Elle s'écrase alors et saigne,

Se casse les étoiles et les fait doucement se taire…

Excusez-moi, je pensais bien faire.

La route est encore longue et l'herbe est encore sèche,

La bouche comme un désert mes ongles déchirent le goudron.

Je pleure, j'ai besoin d'une cigarette.

Mais même elle ne pourrait effrayer ma détresse et la faire fuir…

Je regarde les étoiles

Elles ont l'air de me nuire.

Vais-je un jour les voir sourire ?

Eux, qui se cachent derrière les buissons,

Profitent des effets de la boisson.

Œil au beurre noir,

Cicatrice au front,

Lésion aux lèvres,

Côtes brisées…

Allongé par terre je médite ma douleur…

Un pélican donne bien son cœur à manger

Je ne devrais pas avoir si mal et pourtant j'ai si peur.

Mais il y a, cachée dans les airs du soir,

Une poésie brûlante qui réveille mon cœur endolori, une promesse divine !

Il y a bien des couleurs, même dans le noir.

Rejoindre les Étoiles

Mais… bientôt, il n'y en aura plus.

Que des supernovas, qui camouflent le noir du ciel, un cimetière à étoiles…

Affronte ma conscience !

Les pierres tombales ne brillent pas non plus, endormies elles volent parmi les

Astres dont elles sont les perles, un joyau si précieux qu'il pourrait guérir l'être le plus malheureux.

Une Voie Lactée est gravée sur le fond d'une toile comme la mémoire de ces paillettes du passé.

Déterrer l'histoire allongé,

Sur un canapé en cuir puant, abjecte

Sans savoir où sont placés nos bras.

Le monde tourne et nous donne l'impression de voler haut dans les astres sombres. « Je ne sais pas qui je suis. »

Dans l'univers il y a des codes auxquels il ne faut désobéir.

Même ton dos nu ne me fait pas rêver.

Ce soir où les promesses interstellaires ont été effacées. Une lueur d'espoir s'éteint et fait briller nos cœurs attachés.

Derrière le Miroir

Devant la glace, je regarde mon reflet dans les yeux. Le corps humide et grelottant de froid. Je m'agrippe à l'évier comme si ma vie en dépendait. Mes yeux me brûlent. Vous avez déjà essayé vous ? De faire une battle de regard contre votre propre reflet? Avez-vous essayé ne serait-ce qu'une pauvre fois oser explorer vos profondeurs depuis la face arrière d'un miroir? C'est glaçant. Une des sensations les plus désagréables de l'univers. Les larmes dévalent les joues à force de ne plus cligner, l'échine se tord, le cœur palpite et le sang transpire. Les mains tremblent et la peau devient bleue. Toute bleue. Morte, macabre et sépulcrale. Hideuse et pourtant, à cause de cette soudaine froideur, magnifique. Mais cela ne voudrait-il pas dire que notre propre reflet cause peur à notre âme? Une simple image mobile de notre réalité devrait-elle infliger autant de questions, de doutes? En théorie, le reflet n'est que nous même coincé dans un truc qui brille. Pourtant leur corps brûle, à ces reflets fantomatiques. Leur corps ne peut se regarder. Leur corps se sent mal parce qu'il n'arrive à ne voir que le mal en lui. Que la graisse qui dépasse du pantalon ou la chair si fine qu'elle n'en camoufle plus les os. Leur corps se sent mal parce qu'il ne leur appartient pas. Jusqu'à la preuve du contraire, c'est eux qui sont nos reflets et pas l'inverse. C'est notre étoile qui brille dans nos iris et pas celle de nos reflets. Et donc ils se détestent parce qu'ils ne sont qu'une ombre. Une petite créature éphémère vachement forte à la battle de regard. Cependant ce démon agit comme un grappin et nous emmène vers ce qui rend la vie plus grise que blanche: le noir. Couleur de tes yeux. Le cerveau se bat contre ses propres pensées, douloureuses et tranchantes, elles empêchent les yeux de se fermer même pour le temps d'un battement de cil. C'est peut être grâce à toi que je gagnerai cette battle de regard. Grâce à ton visage qui se dessine dans mon âme. Grâce au reflet de ta peau dans mes cellules cérébrales. Tu toques à la porte de mon crâne et y entre sans y être même invité parfois. Corbeau aux yeux sombres. C'est certainement ça l'amour. Mais est-ce un bon amour? Personne n'a la réponse à cette question. Mais tes jolis iris paradent en rêves dans l'air obscur de mon univers… Comme une petite étoile qui brille dans son coin, seule encore, sans trajectoire. C'est une émotion sans mots. Juste le tableau d'une image dont tu fais le croquis quand je suis face à moi-même. Et les larmes ne viennent plus à cause de la sécheresse des yeux. Elles sont ramenées par la brisure de ma cage thoracique qui fait monter une pression en moi. Aussi poétique soit elle, elle me fait du mal. Aussi horrible que cela puisse paraître, les larmes laissent un sourire entrer en scène. Et seul dans la salle de bain, l'image de ton dos nu avec moi dans la pièce me permet de sourire. Mon reflet se sent plus apaisé… Bien qu'il ne sache pas ce qui se passe dans mes neurones électriques. Je vois les muscles de son visage se relâcher, je vois ses dents heureusement apparaître. Ainsi je cligne. J'ai tenu trente six secondes cette fois.

17

17 ans est un âge,

Où la vie nous offres des aigles aux ailes battantes,

Elle nous apporte, sur un plateau d'argent, tout ce dont nous tous rêvions: l'or.

L'or de vivre,

L'or de l'existence…

L'or de fumer un joint, puis boire du vin.

L'or de s'amuser…

Quand il le faut.

17 ans…

L'âge des garçons pas sérieux,

L'âge où il faut mourir pour être heureux.

17 ans est un âge que je dois encore découvrir,

Un an où mon côté fauve ne va pas s'endormir.

Un an où la vie nous sourira,

À en mourir.

Soleil au Sol

Porté disparu dans le hall,

Je te regarde et vis de tes yeux lucioles

Brillants comme les rois des années folles

Où l'histoire de notre âge frivole,

Victorieux, grand comme une monopole

Voit une lumière aux banderoles.

Perdus comme aux pôles

Nord/sud sous cette glace qui nous colle,

Je te scrute, t'approchant de ma piaule,

Devant cette hypocrisie molle

Je te décortique dansant, fiole

Contenant mes sentiments et de l'alcool,

Éphémère est la trace rouge sur ton col;

Le soleil est éclaté contre le sol.

Paradoxe

Dans nos cœurs de jeunes humains

Se trouve un coffre aux souvenirs défunts,

Fermé par la fleur d'une renaissance

Mémoires de nos vies et leur évanescence

Tournent comme les aiguilles de l'horloge

Dont l'âge bientôt fera notre éloge;

Où nos enfants qui courent dans le jardin

Ravivent nos souvenirs avant la fin;

Un paradoxe de l'âge

Ressuscitant nos esprits sages,

Où s'écriront dans nos pages

Les histoires des enfances de nos parents,

Pleines d'amours ardents

Réunissant nos êtres, même non vivants.

Foudre Physique

Si je dois mourir un jour sur ton corps,

Je veux que mon coeur continue de battre,

Et que le tiens se batte comme un mort,

Pendant que le diable, ne cesse de combattre

Pour nous prouver que l'amour est en tort.

Nos jolis corps sont vraiment nos tyrans,

Mon amour se mêle à ta peau magique,

Nos cœurs effrayés devenus migrants

Brillent comme un souvenir pathétique,

Ton sourire enchanteur que je te rends.

Ta peau aux tâches violettes te rend unique,

Gémissent nos voix lorsque tu me prends.

Le Garçon qui Pleure

Penché vers les étoiles solaires

Cet enfant, beau comme la pluie

Noie son orage dans la nuit.

Son cœur peiné peint à l'aide de son ombre ses pensées à l'aquarelle sombre.

Un garçon, debout la,

Sous les larmes des nuages à raconter son naufrage.

Il a les yeux bleus,

Comme la pluie.

Il brille comme un malheureux,

Et la lumière luit.

Les larmes lui coulent sur les joues lentement,

Et les regards se tournent vers lui.

C'est un garçon qui pleure dans la nuit…

Juste un garçon qui pleure à cause de la vie.

Fermeture

Une histoire vraie et terminée,

Comme la peau blanche d'un vivant,

Mon corps en tendresse acharnée,

Se voit détruit quand tu me mens.

Le vent se meut dans les nuits mauves,

Les étoiles dansent comme des apôtres,

Une larme sort de mon œil fauve

À cause de la rétine des autres.

Un jour alors que je t'aime

Le crépuscule se réveille,

Et voilà, tu n'es plus la même.

Tes yeux s'ouvrent d'un lourd sommeil,

Aussi sombre que toutes mes peurs,

Ton sang au goût de merveilles.

Mémoire

Il y a dans la tête des gens qui sont,

Une âme pleine de fractions de secondes:

La première bouchée de chocolat,

Le premier rire…

Toutes ces choses qui nous font grandir

Mais qui s'effacent, dégradés par le chant d'un poème en fond. Caché derrière ton sourire, la beauté d'un rouge néon.

Mais nos souvenirs, si étoffés par la flamme de l'âge, sont tombés dans l'oubli,

Comment pourrions-nous être sûrs,

Mais vraiment sûrs,

À sang bouillant dans nos artères,

Qu'ils existent toujours ?

Looks

You look so pretty I wanna dive into you.

Moi Tournesol

Tournesol

J'ai du sang sur les mains.

Ton sang.

Il coule et je le regarde doucement tomber contre le sol,

Goutte par goutte.

J'ai tes larmes sur mon visage alors qu'elles devraient être sur le tiens.

Les joues mouillées; je hurle.

Avec toi, à l'unisson.

Et quand les étoiles s'endorment je crie un « je t'aime » du balcon.

J'ai du sang sur les mains.

Ton sang.

Et ton cœur bat littéralement entre mes paumes mais…

Tu ne me regardes pas.

Assoupi comme un ange, tu n'as aucun soupçon, aucun doute de l'effet papillon que tu as sur qui t'entoure.

Je t'en veux terriblement.

Alors que je ne devrais peut-être pas.

Ou peut-être que si.

Vu tout le panel d'espoirs.

Toute la panoplie de contacts physiques.

Tes doigts posés sur mon dos qui s'électrise.

Comme un orage,

La pluie de mes yeux,

Et la douleur des images que me provoquent vos visages si proches qu'ils pourraient se toucher.

Tu es sien.

Elle est tienne.

Elle a le sourire,

La joie,

La plus grande du monde pour qu'ensuite tu la prennes.

Et c'est tout.

Moi tu m'as jeté.

En même temps je n'ai jamais rien été.

La parenthèse d'une page de ton livre alors que tu étais le titre du mien.

Les tournesols continuent toujours de fixer le soleil pourtant,

Même s'il est avec la lune.

Alors je suis ton tournesol.

Ton seul et unique,

Tournesol.

À toutes les saisons,

À toutes les pluies,

Les neiges,

Les hivers sales,

Toutes les saisons.

Et je n'y pourrai jamais rien.

Jusqu'à ce que le soleil arrête de briller.

Et le soleil c'est toi.

On Verra

Il y a quelque chose que j'aime bien à propos de ses lèvres,

Une douceur immaculée,

Un rose délicat.

Ses lèvres doivent avoir le goût d'un bon verre de vin.

Je ne sais pas…

On verra, peut-être.

Peut-être nous verrons,

Les yeux grands ouverts,

Comme face à un joli spectacle où nos deux corps s'enlaceraient.

Suis-je censé me sentir bien ?

Certainement…

Oui…

Bien…

Pas comme les noyades de d'habitudes,

L'anxiété, les pensées noires,

Celles qui me rattrapent comme la réalité cauchemardesque du réveil.

Personne ne me sauvera de moi-même.

Aller plus haut,

Voler plus loin.

Nous verrons de toute façon,

Et on voit tout de là-haut.

Sa Peau

C’est lui que je veux,

C’est lui dont je rêve,

Quand je serre mes draps si fort à la nuit tombée quand les minuits passent

Et que ces dents, si particulièrement placées s’entrechoquent se déposent contre ma lèvre inférieure.

Sa peau si blanche, si chaude, dont le feu me sert de linceul et le désir

Si brûlant, hurlant, ensorcelle le noir

De mes nuits majestueuses.

C’est sa peau que je veux,

Sur la mienne, à l’intérieur de la mienne

Ses cuisses si tentantes,

Apaisantes… son corps que je veux voir danser, entre mes cuisses,

Et ses yeux d’un bleu hypnotisant

A jamais, comme une panthère sanglante.

Sa peau… traversant les murs, mes murs,

Ceux de mon âme,

Ces cellules que je veux embrasser,

Jusqu'à ses pieds, nus, dansants,

Aveuglants,

Transperçant la lune.

La tiédeur de son liquide visqueux sur mon ventre endormi.

Et ainsi, comme dans un noir désert,

Ma rétine ne voit que lui.

Et ses cheveux trempés par la sueur,

Mes sentiments d'espoir qui s'enfuient.

Primal

Getting over your body

I look and stare at your pretty eyes begging for more.

We're in another dimension…

A taste of your skin is all I have ever begged for.

« I'm so in love with you »

I say as I go in again.

« You're so beautiful »

You say taking another glance at my face.

We're like primal animals.

I touch your shoulders,

As strong as rocks.

I can hear your screams

Ask for more.

I wish I could be in you forever…

All of this feels like a dream

And maybe it is.

Your green eyes shut as you breathe a last breath.

"I love you so much"

"I live for you"

"I can't imagine a life without you"

"I would be dead if you weren't here".

And here we are,

Naked in our bed.

I swear I'll never let you go.

I swear on my life to take care of you forever.

Your eyes open again…

Our bodies are all sweaty.

Time doesn't matter anymore.

Not to us.

I look deep into your eyes,

Laying on your body I can feel our skin touching.

I wish for you to never leave me.

"That won't ever happen."

"Yeah… for sure."

Chute d’Automne

Que les feuilles des arbres tombent

Toute la vie, tout le temps qui

Nous reste,

À toutes les saisons.

Et que rien au monde ne puisse

Nous dicter quelque autre

Passion. Quand le vent

Fait doucement sa course

Dans tes cheveux qui dessinent

Ton sourire plein d’histoires

Noires qui mobilisent

Ton corps ensorcelé qui fait trembler

Mon cœur qui, autrefois, il

N’y a pas si longtemps,

Fût en acier grinçant qui

Hurle un « je t’aime » parmi le vent.

Sometimes

Sometimes I wish there was no end to our story…

It could've gone on forever without ever bothering me…

You know I left you some last words, before you left.

And writing those words was like sticking hot needles under every nail of both my hands,

All because those words were a fare well.

And I did not wanna say goodbye to you, nor watch you disappear,

Just like ashes under the wind

And sometimes,

I wish I was the gone one.

The one who left.

I can still recall the first time you told me you loved me,

It was winter,

Your skin was as cold as ice so I put you into my arms to heat you up and,

When frozen tears fell down my cheeks I could hear you, mumbling three words to my ear, words I'll never forget…

Because I love you too.

But you… don't, anymore.

For some reason that I don't know of.

Sometimes, I feel like a regular cigarette.

One that you smoke in your early mornings, sipping your espresso.

You lit me up, burned me down, watched me die.

And when everything that remained of me was some kind of dune of grey, tasteless ashes, you threw me in the trash.

You smoked the whole thing, all the way to its butt but,

Sometimes, I wish you hadn't smoked the entire cigarette…

Sometimes.

Tornade

Tu m'es une tornade chaotique qui m'intrigue.

Le Sang du Monstre

L'Infirmière

Je retrousse ma manche pour montrer mon bras à l'infirmière.

La pluie tombe et des gouttes d'eau coulent le long de la vitre,

Elle voit des tâches de sang dont elle tombe éperdument amoureuse.

Elle les regarde avec hypnose et bêtise,

Passion et Avarice.

Je me sens possédé comme une poupée de cire qui appartient à une petite fille de six ans.

L'infirmière est en extase devant mes traces de sang.

Il coule toujours, la plaie est ouverte.

L'infirmière est en extase devant mes traces de sang.

Mon cœur s'aveugle, indigné.

J'aurais aimé ne jamais me couper.

Les yeux noirs,

La nuit qui précède les forêts

Une ode à l'amour

Mais l'amour n'existe pas.

Le sol blanc est rouge foncé,

La nuit est tombée,

L'infirmière est amoureuse de mon sang,

Et j'embrasse son rouge à lèvre irisé,

Je lui ai écrit une lettre,

Elle est belle.

Les lettres sont en mon sang.

Elle s'octroie mes veines et les baise de son regard.

Elle reste debout là, observatrice,

Friande de malice.

Je lui ai offert mon âme

Je suis amoureux d'elle…

Je lui ai offert ma flamme

Et elle m'a coupé les ailes.

Immobile, la flamme du chandelier danse le Tango seule.

Mon sang coule encore,

Ma vision est trouble,

Le monde tourne.

Elle n'est plus là.

Qui ?

Elle.

Elle ?

L'infirmière est partie et à fermé soigneusement la porte.

Un joli ange noir vint me tenir compagnie ensuite.

Je regardais ses lèvres ensanglantées,

J'étais amoureux…

Je regardais ses yeux m'ensorceler

Oui, j'étais amoureux…

Moi de sa chair, elle de mon sang.

Moi de sa noirceur, et lui de mon corps.

Albâtre

Un fantôme:

Peau.

Existence.

Je regarde le temps défiler comme un coup de feu,

Un éclair dans le ciel.

Une pierre brisée au sol.

Elle est rouge, on y voit du sang.

Il y a des larmes,

Elles coulent et sont translucides.

Le fantôme hante mon âme,

En ai-je une?

En avons-nous une?

Peut-être sans le savoir.

Fantôme à la peau translucide,

Fantôme d'amour,

Du sang sur l'albâtre.

Évanescence

Prions, les enfants, à genoux bleus devant Vénus.

Écoutons le vent, le bruit doux de cette nuit tranchante.

Il pleut comme tes yeux, Pauline, ma fille que j'aime tant.

En dessous des nuages, j'entends les saxophones.

Une alarme: des gyrophares.

Nous sommes à genoux devant les étoiles.

L'orage tonne.

C'est bientôt terminé, cette nuit maudite

Devient mauve comme votre peau, à chacun d'entre vous, mes enfants que j'aime tant.

Pauline tousse.

Ma cigarette la brûle certainement, ce n'est pas mon problème.

Les étoiles sont poussières, comme les os de Filyn, mon fils que j'aime tant.

Prions, les enfants, à genoux bleus devant Vénus.

Moi je prierai pour vous.

Priez les enfants! Priez! Pour avoir une chance de ne pas souffrir.

Priez!

Filyn tombe.

Leurs âmes sont évanescentes.

Vides comme leurs veines: le ciel dans lequel ils paradent.

Je découpe Pauline, ma fille que j'aime tant. Elle a la viande tendre.

Le tonnerre gronde, la foudre frappe le goudron constituant le sol…

La rue est immaculée de sang.

Comme mes mains

Ma rétine…

Le sang des fruits de ma chair.

Je mets les morceaux de Pauline dans ma valise, devant la pluie.

C'est au tour de Filyn.

Son esprit s'amoindrit à la vue de toutes ces entrailles.

Il croit renaître,

Se réveille.

J'allume une neuvième cigarette.

Le ciel s'étire.

Filyn dort, contre le sol trempé,

Ces os prêts à être arrachés.

Je regarde sa gueule d'ange pour la dernière fois,

Il dort.

Je sors la lame.

La plante.

Le sang lui longe la peau.

Il devient fébrile.

Il a prié Vénus donc il ne souffre pas.

Je découpe Filyn, le met dans la valise, avec sa sœur.

Elle avait deux ans, il en avait quatre.

Nous avons tous la même âme,

Tous le même corps.

Certains aimaient les enfants,

D'autres non.

Mais la seule chose que nous avons en commun c'est que nos mains sont teintes du sang de notre propre chair.

Bleu Froid

Je suis seul.

Dans la chambre froide, je respire.

La buée sort de mes lèvres bleues.

Il y a de la buée partout,

Ça fait un peu peur parfois,

Dans le noir

Quand la lune n'est pas là.

Je ne suis qu'une ombre,

Qui enchaine les corps.

Il y en a sept devant moi.

Sept crânes étalés sur le sol.

Il fait froid,

Je tremble.

Ça fait longtemps que je n'ai pas tremblé.

De tout l'hiver je n'avais tremblé.

Et pourtant en cet après-midi de juin j'ai tremblé.

Il fait noir ce soir dans la chambre froide.

Tout est bleu,

Pas que mon corps…

Tout est bleu.

À travers la seule et unique fenêtre je vois des lumières se balancer.

En rythme avec les sirènes assourdissantes.

Il y a sept corps en face de moi

Et je les ai tous embrassés

Quand ils étaient vivants.

On frappe à la porte.

Le métal grince et je me tais.

La porte s'ouvre,

La lumière m'aveugle,

Je ne tremble plus.

Ça faisait longtemps que cette porte ne fut ouverte.

Deux hommes entrent avec leurs lunettes de soleil.

Mais pour quel soleil?

Ils étaient habillés de bleu.

Ou je délire, peut-être.

Ils sortent une énième pièce de métal.

Je vais me faire arrêter.

Mourir par Amour

La mer est morte ce soir

Et tes hanches alléchantes me dessinent par leur fumée.

Tes lèvres sont roses et je les mords,

Pour mon plus grand plaisir nous dansons.

Comment aimer sans avoir peur de la mort?

La douceur des cercueils me rappelle l'ardeur de tes bras,

Tu mettais ma tête vers le bas,

Nous hurlions.

Mon âme se dévoue à tes soupirs,

Mon âme est ton souffle.

Le cou rouge,

Le dos cambré,

La peau bleue,

Sur le plateau de métal.

J'aurais aimé être à toi.

Mais n'avons-nous pas justement trop peur de la mort?

L'existence s'évaporait autour de nous,

Le mélange de nos cheveux,

La finesse de nos bouches,

Les cœurs arrêtés.

Comment mourir facilement?

En se tranchant la gorge?

Du sang le long du corps

Et ton rire,

Si exaltant…

Les palpitations grincent,

Mon chant s'écorche,

Belle indolente,

Dingue d'un insolent,

Digne d'une jolie histoire,

La danse nous arrêta,

Tes lèvres en sang,

Partout sur mon cou,

Tes lèvres en sang.

Rire au nez de la mort,

Rire au nez de la mort,

Rire au nez de la mort,

Lui claquer la porte au nez,

Se moquer d'elle,

Affreuse âme,

Périssable,

Indésirables sont nos êtres,

Et l'amour…

Que faire maintenant de nos deux âmes solitaires?

Seules.

Suis-je pourtant réellement tiens?

Je ne le sais,

Je ne le saurai jamais.

Mais si un jour, alors que je scrute ton visage, je remarque

Ne ce serait-ce que l'ombre d'un autre,

Mon epinephrine te fera exploser,

Et je rirai,

Comme un millionnaire,

Parce que moi je t'aurais eu.

Et personne d'autre.

- Mais Alec, n'es-tu pas déjà mort?
- Nuance.
- Ah oui c'est vrai…
- Je n'ai jamais vraiment existé.

Le sang qui dégouline le long de tes lèvres langoureuses n'est pas à moi.

Il est tien.

C'est toi qui tremble,

Fébrile,

Moi je suis debout,

En face de ton futur cadavre,

Attendant patiemment que tu viennes me prendre dans tes bras.

Et pour de vrai cette fois.

Fièvre Onirique

Le grand et blanc lys décore mes nuits,

A tel point que cet ange qui m'observe

Aussi beau soit-il s'est mit à adorer la vie,

Ce fantôme, coincé dans cette esquisse

Entend le son des éclats étoilés,

Qui tapissent la lune de cet air enchanté

Dont ce héros utopique

Recouvre mon corps de baisers.

Ce squelette danse et je l'observe,

Mon cerveau, pourri par la manipulation

De ces hallucinations nocturnes,

Rend la nuit blanche, grise

Par la couleur du soleil;

Et cette rose puissante qui perce ce rêve

Nous fait dévoiler un secret,

Que le cœur d'un humain ne révèle pas

Comme un amour enseveli,

Celui qui nous cause toutes ces insomnies

Battantes comme nos songes

Que les anges domptent et que nos cœurs

Aussi indolents soient-ils suivent;

Et je t'aime dans mes rêves

Comme dans une impasse recouverte de

Toi et de ton cœur que je veux tant,

Et ton cœur rance comme ce fruit

Qui bat en nos poitrines

Peint un tableau putride

A la sonorité meurtrière

Comme ces sons de gyrophares qui,

Tremblants, font trop de bruits

Effrayants comme ton âme

Au fin fond de la nuit;

Je t'ai vu dans mon sommeil,

Je t'ai vu dans mes rêves,

Un cauchemar que ta beauté,

Horriblement sanglante

Éteint, soudainement,

Comme un chandelier encore allumé,

Alors que la blanche Ophélia, endormie,

Se trouve morte comme un grand lys.

Minuits I

On entend là-bas les oiseaux qui roucoulent, à travers le temps.

Nos tympans vibrent tandis que leur son fait le tour de nos têtes tournantes,

Entre tes lèvres sèches, coincé par tes dents est un bâton qui fume,

Prédateur de réalité,

Je l'embrasserai souvent.

Il s'agit là d'une première mort,

La lune nous observe avec ses yeux luisants de larmes,

Nous voici devant elle, meurtriers.

La plume entre nos mains n'écrit plus,

Il fait trop sombre,

Quand l'ombre d'un ange apparaît,

Ton corps frappe les murs de ta tombe

Avant de tendrement s'éclipser…

Entre tes bras rabougris se trouve une chouette grise à l'âme impur.

On peut y voir ton rire

Lumineux comme la flamme du printemps.

Lorsque nous dansions parmi nos songes irisés, je te saluais, volant,

Téméraire est la mort du passé…

Le chandelier fond sur la paume de tes mains: glaives doux et rances

Qui me caressent jusqu'à la fin

Et décapitent mon existence.

C'est une rencontre des noirs minuits passés, où il n'y a ni sang, ni armes,

Seuls sont nos esprits délaissés par la

fumée qui gambade dans la savane.

Mon corps allongé vibre et je ne sais plus où sont placés mes bras, mous et chastes.

Un tendre baiser qui se pavane sur mes lèvres, les plaisirs de La Havane,

"Reviens-nous quand tu auras fini de descendre !" Nous te ferons remonter.

Les escaliers se brisent et le sang s'étale,

Pour aller rencontrer nos déités…

Bizarrement longue passe cette nuit tendre et pleine de désir calmes et mensongers, le songe de l'amour refait les courbes de mes lettres dessinées.

Neptune

Le lendemain d'un orage bleu,

Je te regarde dormir.

Mon lit tu possèdes,

Mon cœur en tremble.

Le lendemain d'un orage bleu,

Sur Neptune je t'emmène.

Mon corps est tiens,

Je sais que tu me mens.

Le lendemain d'un orage bleu,

J'entends toujours les éclairs.

Une cigarette à la bouche,

Ton dos se tord sous la douche.

Le lendemain d'un orage bleu,

Le tonnerre gronde.

Mon cœur bat plus fort,

Il signe notre tombe.

Le lendemain d'un orage bleu,

Neptune nous possède.

Ta main me viendra-t-elle en aide?

Je ne sais pas… je pleure.

Le lendemain d'un orage bleu,

Mes larmes chutent.

Mon échine tombe devant tes yeux,

Toutes ces histoires que nous crûmes.

Le lendemain d'un orage bleu,

Je m'offre à toi.

Tout l'amour que j'ai est tiens,

Ton cœur est à jamais mon roi.

Le lendemain d'un orage bleu,

Je me mets à genoux et prie Neptune.

Elle me tiendra compagnie

Quand ma rétine te suivra en train de fuir.

Le lendemain d'un orage bleu,

J'apprends que tu es parti.

Une dixième cigarette aux lèvres,

Je me rappelle ton sourire.

Le lendemain de l'orage bleu

Symbolise mon dernier jour sur terre.

Ce lendemain là c'était fini,

Je me suis ouvert les veines.

Crash

Je vois mon cœur battre.

L'avion tremble et perce l'atmosphère

Ce n'est plus qu'une question de temps.

Je me retourne et contemple les visages des autres spectateurs qui crashent…

Mon torse vibre: la musique.

Les lumières dansent et m'éclairent les yeux en brillant dans les cieux.

Mes paupières tombent, j'ai fermé les yeux: c'est l'heure du crash.

J'ai la chair de poule, soudain.

Je suis fatigué, j'ai mal à la tête.

Je plane, je plane, je plane, je plane

Avant l'atterrissage.

Les pistes gonflent et les ailes éclatent.

« Descend! »

Non. Je ne descendrai pas.

Je vois complètement flou…

Il n'y a plus de gravité

Allez tous vous faire foutre

Je vole, je vole, je vole, je vole

Et puis c'est tout.

Je ne descendrai pas.

J'en reprends, même,

J'ai l'impression de pouvoir.

Je tire.

Profite de l'altitude,

Il y fait froid.

Mon corps tremble

La ligne est évanescente.

C'est tout.

Je tombe,

Par terre.

Incapable de vivre,

Atterrissage imminent.

Les sorties de secours

Sont situées

De part et d'autre

De l'appareil.

La porte explose.

Flash

Illusion

Mort

Joie

Crash.

Un

De

Plus

Ce

Soir…

C

R

A

S

H

Tout est fini.

Descendons maintenant.

Revenons à la vie.

Buvons à notre santé.

Nous en paierons bientôt le prix.

Une Page de Roman

Ceci est une page de roman comme toutes les autres. Où des mots s'expriment et volent comme des fous tout au long de la page. Ceci est une page de roman comme toutes les autres qui vous raconte une histoire tout à fait ordinaire. Une histoire d'amour entre un ange… et un démon.

L'ange dansait sur les nuages, déployait ses ailes car il était enfin heureux. Un ange qui aimait.

Sauf que dans la réalité les anges n'ont pas le droit d'aimer. Les anges peuvent crever si un jour ils s'aventurent dans les méandres du sentiment d'amour. Sauf que cet ange là ne respectait pas les règles. Il est tombé amoureux

D'un démon qui joue avec le feu. Des cornes règnent sur son crâne car il est descendant du diable. Le démon est tombé amoureux de cet ange, il lui écrit des lettres d'amour, des pages et des pages de romans comme celle-ci. Le démon brûle pour l'ange, sachant pertinemment que l'ange n'a pas le droit d'aimer. Alors son cœur se fend. Jour après jour, brûlant tous les romans… Les histoires d'espoirs qui se cachaient en eux. Le cœur brisé, le démon pleure des larmes de feu, rouges comme le sang de l'ange.

Un jour, un très beau matin de février, l'ange est allé voir le démon, une feuille à la main. Un parchemin. Avec écrit dessus le contenu de son petit cœur blanc. L'ange vole, arrive aux escaliers infernaux. L'ange se brûle les pieds en les descendant tant le feu était ardent. L'ange est arrivé en bas. A trouvé son démon. Il lui prend la main.

L'ange et le démon sont face à face, nez contre nez, peau contre peau. Leur première osmose venait de se terminer.

- Tu m'as amené un parchemin, non? Demanda le démon.

L'ange rit et hoche la tête, posant un doux baiser sur les lèvres brûlantes du démon. Le démon prend le papier posé à même le sol et l'ouvre. Dessus était écrit une lettre d'amour:

La sentence est tombée, je vais mourir bientôt. J'ai brisé la seule règle fondamentale en t'aimant, et je ne le regrette pas. C'est fou de se dire que deux types d'êtres compléments différents se complètent aussi parfaitement.

Je ne pouvais pas mourir sans savoir par cœur le goût de tes lèvres, mon amour, je ne pouvais pas partir sans avoir goûté à ta peau, à toutes les sensations que l'on aurait pu partager si j'avais eu le droit de t'aimer. Mais je ne l'ai pas. C'est dommage mais c'est comme ça.

Demain, à l'aube. Avant ton réveil. Ils vont me transpercer le cœur pour en finir avec moi. J'ai envie que tu me voies partir. Comme ça on pourra dire que la mort nous aura littéralement séparés. Mais je serai là, ne t'en fais pas. En bas. Avec les humains. J'aurais toujours une pensée pour toi s'ils me laissent la mémoire.

Je t'aime.

L'ange était toujours là. À califourchon sur le démon qui pleurait toujours du feu. L'ange se brûlait les doigts en essuyant ses larmes.

- Ce n'est rien mon amour, ce n'est rien. Dit l'ange.

Et puis l'ange avait disparu. Le soleil était debout. Le démon arpentait les nuages et avait vu le spectacle. Il entendait des pleurs d'enfants. L'ange venait de renaître. Il a le droit d'aimer maintenant, il est humain. Le démon admirait l'enfant, ses jolis yeux bleus. C'était l'ange, indéniablement.

Je vous avais dit que ceci n'était qu'une page de roman.

Le Chant des Sirènes

Rouge. Le monde bouge. Mes yeux me brûlent et mon cœur bat toujours. Bleu. Il pleut. Je jouis de ce bruit nuageux tant que je le peux. Rouge. La vie me toise, enveloppée de ses astres roses. Bleu. Et le sang découle contre le sol, entre en scène le feu. Une douleur incessante enlaçant mes côtes, brisant mon cœur en mille morceaux en sachant que tout est de ma faute. En sachant que tout est terminé, fini, encastré puis enseveli. Mes yeux clignent et je ne sais comment. Leur souffrance m'embrase depuis longtemps. Il y a beaucoup de monde devant moi. Serais-je enfin devenu célèbre? Les pompiers me caressent en ce plaisir éphémère. Rouge. Bleu. Rouge. Bleu. Rouge. Bleu. Ça ne s'arrête plus. Ce cri atroce me tord le corps, et je ne le veux pas mais je souffre encore. Sans arrêt imaginant les conséquences sur mon âme. Elle s'en ira un jour, mais il faut que la vie s'enflamme.

Et c'est ainsi que mon monde est tombé. Allongé par terre, contre ce goudron argenté, sur brancard, ne faisant que cogiter, visant une plénitude astrale. Plénitude qui ne sera que par mon départ, cachant mon esprit dans cet hangar. Je suis en guerre contre le sommeil. Qui, une fois atteint, m'offrira monts et merveilles; à condition qu'il soit perpétuel. Un sommeil profond… une sieste innocente sur un lit de tulipes insolentes. Mes poignets tranchés devenus indolents, je ne puis plus mourir, malheureusement. J'aurais espéré pouvoir y mettre fin. Prisonnier de cet enfer et enchaîné par ce fer, chaud et brûlant comme la peau d'un ange solitaire. Un ange qui m'aurait accueilli à bras ouverts… j'entends le chant des sirènes qui ne peut freiner mes songes, qui tentent de m'ensorceler avec leurs mensonges.

- Monsieur, vous m'entendez? Me demanda une de ces créatures.

Une lumière jaune et aveuglante me brûlait la rétine. Cette lampe à l'éclairage insolent comme la rue sourde et grave qu'elle illumine.

- Répondez-moi s'il vous plaît! M'implora-t-elle.

Tout ce que je voulais, c'était de faire pousser mes ailes. Mais je me mordis la lèvre. Un frisson parcouru la créature comme une fièvre. Jaune, âcre; qui pourrait agir comme un miracle. Miracle causé par un oracle aussi sanglant que mes bras et aussi taciturne que le rythme auquel mon cœur bat.

J'étais encore en vie.

Minuits II

Nuit de poussière,

Étrange déité nous salue,

Découverte.

L'art pour l'art à tout jamais.

Non sanguinaire le vampire

Nous approche,

Entre nos nuits, qui sèment des vies

Avec des femmes, déesses acclamées.

Découverte.

Comme un coup de feu parmi le vent.

Il fait noir, il y a des cadavres,

Froids comme la nuit.

Tirer.

Vivre et mourir?

À jamais et pour toujours,

Dieu nous regarde.

Déjeuner sur l'herbe,

Il fait tout nuit tout noir.

Découverte.

Étranges déités.

Minuit une,

Minuit deux,

Minuit trois,

Les minutes passent, avec le temps…

Mais ce n'est pas le temps qui passe,

C'est nos lèvres tendrement.

De corps en corps,

Encore.

Le vent est frais,

L'air est froid.

Minuits passent devant nos yeux.

Découverte.

Smoke

I don't get it...

I just don't get it.

How can something destroying be so beautiful?

Hanging around in the atmosphere,

Grey

Very grey.

Something I love having inside of my lungs

Exchanged between our lips

In an apocalyptic way...

Slowly,

Just like us dancing all around the moon.

As I wish we were.

Smoke is as seducing as you are.

And I wish I was as seducing as smoke.

Slowly hanging around in the atmosphere.

I just don't get it

And you don't get how I love you.

How I could love you more than she does.

Your name keeps moving me all the time even when it is someone else that wears it.

Just because you wear it.

We could fly,

With that smoke making us wild.

You raised me upon the sky

But how can smoke be so beautiful?

Even more beautiful than love itself.

That makes me think that I really wanna be smoke.

The one that goes out of your thin lips…

The one that goes out of your thin lips…

That makes me think that I really wanna be smoke.

Even more beautiful than love itself.

But how can smoke be so beautiful?

You raised me upon the sky

With that smoke making us wild.

We could fly,

Just because you wear it.

Your name keeps moving me all the time even when it is someone else that wears it.

How I could love you more than she does.

And you don't get how I love you.

I just don't get it

Slowly hanging around in the atmosphere.

I wish I was as seducing as smoke.

Smoke is as seducing as you are.

As I wish we were.

Dancing all around the moon.

Slowly…

In an apocalyptic way…

Exchanged between our lips

Something I love having inside of my lungs

Very grey.

Grey

Hanging around in the atmosphere,

How can something destroying be so beautiful?

I just don’t get it.

I don’t get it…

Ah Bon ?

Ah bon?

Allongé sur le sol,

En face de la mer.

Ah bon?

Attends un peu.

Ne me fais pas pleurer tout de suite.

Ah bon?

Ah bon?

Ah bon?

Larme tombe.

En face de l'océan,

La vue nous surplombe.

Le sable est calme,

Le soleil reflète tes yeux,

Le soleil nous réchauffe la peau,

Le soleil nous embrasse alors qu'il est censé nous brûler.

Ah bon?

Tout est question.

Il n'y a de différence entre mer et océan.

Je t'avais dit de ne pas t'inquiéter.

Ne me fais pas pleurer tout de suite,

Attends encore un peu.

Ah bon?

Profitons de cet instant.

Nos doigts emmêlés,

En face de la mer,

Et de l'océan.

Sous les étoiles qui surveillent nos corps.

Ah bon?

Mon vœu se transforme en prière,

Le ciel noir nous éclaire.

Mon cœur bat.

Ah bon?

Pour qui?

Pour l'océan,

Et la mer aussi.

Les vagues me propulsent et m'emmènent.

Prends moi pour danser

Avant de me faire pleurer.

Larme 2 tombe.

Mes larmes sont des armes et elles te tueront.

Ah bon?

S'il te plaît

Ah bon?

Ne me fais pas pleurer

Ah bon?

Je t'en supplie je ne veux pas que tu meurs

Ah bon?

J'ai peur.

Tous avons peur.

La vie est ainsi faite et ainsi elle demeurera.

En face la mer,

Et de l'océan.

Avion

Simple montée dans les airs à la brume dansante,

Il y a dans la mer un petit point d'eau où l'on s'écrase, tout doucement.

Puissions-nous vivre en paix

et mourir tranquillement.

L'amour est mort entre mes bras.

Il y a dans mon ventre un retournement d'estomac,

Comme sur une montagne russe.

L'avion plane et s'en émane une tranquillité inouïe.

Au dessus de vos nuages je vois le ciel s'assombrir,

Déjà noir.

Seul dans mon ivresse il y avait une fille

Et je ne la perdrai pas.

L'avion nous demande de fermer les yeux,

Le vieux monsieur près de moi dort déjà,

Dans le mouvement des hosannas

Enfantins.

L'avion tombe.

Arme Blanche

Chair crue, tendre et fraîche,

Au bout du couloir il se tient,

L'homme à la cagoule,

L'homme à la cagoule !

Le métal de la lame brille ce matin,

Assez fort pour tous nous faire crier.

Se cacher sous la table,

Où se taire à jamais…

Chair tendre, chair crue,

Pris en otage dans la classe,

Ils crient,

Ils courent,

Ils voient l'homme à la cagoule.

Et c'est fini,

Les gorge sont tranchées.

Une sonnerie n'aura strictement rien changé.

Live

Am I even alive? If so I do feel like I'm starting to fall to pieces.

Les Inconnus

“T’aurais pas du feu ?”

“T’aurais pas du feu ?”

On la connaît tous cette fameuse phrase…

Aborder des inconnus dans la rue,

Quelle surprise !

Toi tu me demandes du feu ?

Avec tes yeux ardents

Ta clope s’allumerait rien qu’en la regardant.

Maintenant je pense à toi tout le temps.

J’ai du feu.

Je suis du feu.

Une flamme qui nous unirait…

Si tu le voulais ?

À moins que tu ne cherches qu’un briquet

Auquel cas je ne pourrai totalement t’aider.

Désolé…

Voilà ton doux visage attristé.

Tu la veux ta clope,

Tu veux que je te l’allume,

Sous le clair de lune,

Peut être autour d’un verre,

Ou devant un film

Qui sait ?

Mais en te scrutant, te le demander je ne le pus

Un inconnu est tout ce que je te fus.

J'aurais aimé être plus.

Sans vraiment savoir pourquoi.

Échanger des messages ensuite,

Pendant des jours

Une envie languissante de se voir et de se chérir…

Tendrement.

Tu écris doucement,

Avec douceur et prudemment.

Pourquoi ?

Cherches-tu à ne pas me blesser ?

C'est déjà fait.

Malheureusement…

Et puis en deux mois plus rien il n'y eut.

Et moi qui voulait te faire goûter mes lèvres,

Toutes chaudes

Je te le promets.

Un an plus tard…

Seulement un an plus tard…

Nous nous retrouvâmes

Et je vis tes yeux,

Enfin plongés dans les miens.

Debout sous le soleil

Tu sens le miel, contre la loi.

- Dis t'aurais pas du feu ?
- Désolé pas sur moi.

Après-midi d'Été

Un verre en terrasse,

Après-midi d'été.

Tout faire pour tes cheveux dorés

Sous le soleil de fin de printemps.

Le temps ne compte plus tant que ça maintenant.

Se faire violence dans l'herbe et digérer antan.

Un verre en terrasse,

Après-midi d'été.

Tout faire pour tes cheveux dorés

Quand on hurle au soleil ce qu'il nous fait faire,

Et la musique dans les tremblements de la voiture sur terre.

Ainsi est faite la vie qui se fête tel une mort de douceur nouvelle.

Un verre en terrasse,

Après-midi d'été.

Tout faire pour tes cheveux dorés

Force de la guerre contre mon ventre voulant t'embrasser,

Ton coude sur ma cuisse,

Véritable délice.

Or d'une vie et argent d'un temps,

On se reverra, hein ?

Promis, dans pas longtemps.

Et tout a commencé par…

Un verre en terrasse,

Après-midi d'été.

Tout faire pour tes cheveux dorés

Et tes yeux bleus me hurlant un secret,

Que l'humanité elle-même ne sait.

Danser le rock cachés,

Dans un joli prologue d'été.

Brûler d'Amour

Mon regard te perfore

Et pour mon plus grand plaisir je te nage dans les yeux.

Je crois que tu ne réalises pas,

Tu ne réalises certainement pas.

Au milieu d'un parc public, je te touche.

T'enivre et tu trembles

Et je t'aime.

Mais je t'aime.

Ça fait si longtemps que je veux te le dire

Depuis la fin des temps

Je pourrais tuer pour toi tu le sais.

Et tes yeux sont beaux

Comme un orage

Et j'ai envie de toi.

Je ne t'ai avec moi

Et j'en tremble.

Mais je veux que tu viennes,

Que je te morde les lèvres et

Te fasse jouir comme jamais tu n'as jouis.

J'ai si hâte de te revoir,

Parcourir tes lèvres encore une fois.

Et je veux te le dire

Je suis en train de tomber amoureux de toi

Délibérément.

Tant mieux d'ailleurs,

Ivre je t'écris

Le bas du ventre en feu.

Mange moi l'intérieur des cuisses

Et je t'épouserai si tu le veux.

Moonboy

Black large sweater with painted symbols on it.

Arabian,

Brown soft hair that I have devoured with my eyes.

He was as pleasing as the soft breeze of a summer night.

The smell of the sea,

The full moon looking at us,

My empty chest…

Your hands would suit there pretty well.

He looked just like reading good poetry felt.

And he loved the moon.

He stared at it.

And in this moment I only wished for one thing:

Being this moon he was so longingly looking at.

Shining and breathtaking,

Reflecting white halos on the waters of the sea.

That feels like summer…

And I have met this moonboy.

He'll never leave my head now.

Looking at him felt just like reading a good poem.

One about the moon…

Where life never ends.

Embrasser

Allongé sur le marbre blanc,

Je me calme, regarde le plafond

Sans vraiment savoir penser au temps,

Je pense avoir touché le fond

De mon âme en te reparlant.

Il y a déjà tant de messages

Et je ne puis te revoir doucement,

Comme si je ne t'avais dédié des pages

De roman à larmes.

Laisse juste ça passer sans armes,

Et lis mes états d'âme.

Et je te vois l'enlacer

Et pas moi, suis-je censé ?

Non, j'ai seulement envie de t'embrasser.

Feu

Le bas du ventre en feu

Je te caresse tendrement,

Tu ne sais à quel point je le veux

Je pose mes yeux sur toi amoureusement.

Nos corps entrelacés se regardent,

Et l'amour doux qui voltige

Nous fait voir le ciel violent qui nous garde

Se meut sur nos ventres l'essor du vertige

Où cette flamme brûle encore,

Et notre osmose douce nous sort

De notre lit de mort,

Et la vie nous a enfin sourit,

Mon échine tremble sous l'effet de tes cris

Sur mon torse se trouve ton être endormi.

Corbeau

La courbe de tes hanches forme

les derniers fragments de mon âme.

Coup de feu.

Tes plumes noires tombent contre le sol

et je regarde le coucher du soleil.

Grain de voix.

Tu chuchotes des mots doux

au second degré.

Je l'avais mal compris.

Je n'avouerai avoir froid que

quand tu m'embrasseras,

Quand ton corps me réchauffera.

Mon âme est instable quand tu n'es plus là et

ça fait longtemps que je ne t'ai pas vu.

Gouttes de sang.

Toi le corbeau, le seul que j'aime et dont

les yeux brillent à l'envers de la lumière.

Quel soleil?

Le vent souffle et met des vagues dans

les eaux des flaques causées par la pluie.

Notre inexistence.

Mes doigts me brûlent à force de t'écrire des

pages et tu ne penses qu'au néant.

Guitare électrique.

Ma tête chante ton prénom toute la journée durant,

une déclaration d'amour.

Pureté manifeste.

La musique a vite explosé soudain et

tu as voulu me quitter.

Sang tombe.

Les étoiles luisent et nos yeux se

rencontrent avec des sourires.

Love incontestable.

Arme blanche tranche mon âme quand

tu me l'as enfin dit.

Love détestable.

Souffle chaud d'été doucement ardent

avec la brise qui nous mire.

Baiser angélique.

Le métro défile devant mes yeux

à une vitesse foudroyante.

Œuvre de fiction.

L'encre noir se termine au fur et à mesure que

ma tête relance le film.

La mer est encore calme.

Une balle fait tomber les omoplates que

je voulais que tu caresses.

Osmose corporelle.

Mon ventre hurlant mes désirs que

tu mords jusqu'au dernier souffle.

Démoniaque soirée.

Tes cheveux que j'agrippe font résonner

l'orage encore et toujours plus fort.

Je te regardais.

Tu voles loin de mon âme dans ce

Ciel violet vaste et nocturne.

Fuite magistrale.

Mes larmes tombent quand je repense à

la douceur de ta bouche contre la mienne.

Souffrance animale.

Messages Oculaires

Rien au monde ne sera jamais aussi fort

Que tes sourcils qui se dressent quand je t'adresse un sourire.

Rien dans l'univers ne peut vaincre

Le pincement de tes lèvres quand ma peau touche tes soupirs.

Pourquoi se cacher autant de stupeur

Lorsque des voix nous crient de nous le dire?

Les étoiles connaissent-elle meilleur sens

Que l'extinction de tes rétines lorsque tu me vises?

Rien au monde n'est plus puissant que la délicatesse de ce que tes yeux me disent.

Perfection

How do you know when you've just seen perfection?

Because I think I just did.

Perfection has paper white skin, and his back curves to reveal his hips under his black bathing suit.

Perfection has blond hair, all wet and salty by the waters of the sea.

Perfection has sand stuck between his toes, it got there before he rested on the deckchair.

Perfection doesn't have any muscle, but as he keeps breathing I can't stop writing about him.

Perfection has this perfect calm face, even asleep, his sharp jawline was full of beauty.

Sadly, perfection hasn't noticed my existence.

He's just a stranger on a beach in southern Spain,

And I don't know if I'll ever see him again.

“Un p’tit truc”

Mon corps vibre, assis, le dos contre le bois de mon armoire j’ai le regard vide.

Masqué par une neutralité sentimentale, mon visage, qui en dit trop, se retrouve perfide.

- Tu veux qu’on se fasse “un p’tit truc”?

Vas-y, dis-moi tout. C’est quoi ton “p’tit truc”? Truc auquel je te verrai, devant ma rétine, aussi somptueux que toutes les fois où je t’ai connu.

Toutes les fois où ta cravate était mal mise, toutes les fois où tu riais tellement que leurs regards te visent.

Toutes les fois où je t’ai vu sourire,

Encore et encore j’aurais pu en mourir.

Ton “p’tit truc” me tue.

Voilà la bonne formulation.

Il me tue, lentement…

La curiosité qu’il engendre m’éteint,

Tout ce qu’il est m’atteint.

Un souvenir à la chasse,

Perd sa place.

Boire un verre?

Non

Boire des verres?

Oui

Les détails sont importants.

Les détails sont ceux qui me permettront d'analyser chaque texture de ta langue.

Où mon amour mourra, de cœur et de sang.

Donc le vent tes cheveux se meuvent,

Veulent attiser les veuves.

Et moi derrière toi je meurs,

Comme le bruit des Cors de chasse parmi le vent.

En Face de la Gare

En face de la gare

Debout nous étions,

La cigarette entre tes doigts, je ressens chaque frisson.

La chaleur du filtre entre mes lèvres et la fraîcheur de tes doigts contre celles-ci.

Debout en face de la gare nous attendions,

Sous le vent de l'été,

Après la pluie,

Après le parc.

Je décortique chacune des couleurs de tes yeux,

Chacune de leur courbe,

Lentement,

Comme dans un rêve.

Pince-moi,

C'est trop romantique pour être vrai

Pince-moi.

Ma main sur ton dos je sens ton regard se poser sur moi,

Homme des dunes à la peau foncée.

Je ne veux pas y retourner

Je veux quitter la gare,

Rester avec toi,

Éternellement.

Le filtre est de plus en plus chaud et la cigarette est évanescente.

La fumée me brûle les yeux.

Elle me brouille la vue

Tandis que je profite de chaque instant.

De chaque dernier instant à tes côtés,

Chaque dernier instant où mes doigts sont posés sur ta peau,

Douce et enivrante comme le gris du ciel.

En face de la gare nous regardions l'heure,

Constamment,

Ne voulant pas nous quitter,

Jamais.

Pourtant,

Dans quelques minutes le train s'en ira.

J'aurais aimé que le temps soit extensible,

Avoir une échelle pour avoir accès à la grande horloge pendant au dessus de l'entrée,

J'aurais aimé reculer les aiguilles et nous ne nous serions pas quittés,

Jamais.

Échos Nuptiaux

Ton emprise se resserre autour de mon bras.

Tes cris s'accentuent,

Ils deviennent plus intenses à mon oreille et ma tête est sur ton épaule,

Mon nez enfouit dans ton cou blanc

Pur et savoureux

Tandis que mes doigts gauches caressent ton coquelicot.

- Je peux aller jusqu'où?
- Tu peux mettre ta main plus haut.

Et plus haut encore, contre la loi

Les Échos de ta voix qui endurcissent mon bas.

Doucement humide ta peau tremble

Et renforce mon emprise.

- Montre moi ton max.
- Fais gaffe je vais te faire jouir.

Tes lèvres dans les miennes nous sommes insatiables.

Ma main droite sur ta hanche

J'enlève ton bouton,

Il commence à pleuvoir.

Tes cheveux se mouillent comme ton coquelicot avec mon pouce sur ton pistil.

Ta voix tremble,

- J'adore ça.
- Je sais.

Le silence n'existe plus il n'y a que nous et nos yeux,

Notre épiderme mélangé

Il n'y a plus qu'un seul corps.

Et ce corps hurle tandis que les chatouilles l'envahissent et que tes canines s'ancrent dans mon bras.

Je veux connaître toutes les odeurs de ta peau,

Faire du bruit,

Jusqu'à l'aube,

Jusqu'à l'infini,

Sans arrêt.

- Oh !
- Oh…

Ton coquelicot se resserre et le temps nous presse.

On ne peut s'arrêter

Le torrent nous emporte

Et le moment se grave dans nos têtes.

- Je veux t'épouser.
- Moi aussi.

Tes cuisses tremblent sous ton jean.

- Fais moi tout ce que tu veux.
- Avec grand plaisir.

Supernova

Quand une étoile meurt,

Elle éblouit

Brûle

Hypnotise et s'envole plus vite encore que notre imagination.

Elle défile et aveugle.

Même plus que le soleil et réduit à néant les rétines qui la contiennent.

Les supernovas sont infinies à l'intérieur de tes yeux,

Plongé dans cette guerre lugubre contre une lumière perfide, les dompteurs de cette étoile illustrent le sentiment que j'ai lorsque je suis devant toi.

Ou devant tes yeux.

Quand une étoile se meurt

Elle repose sur sa tombe.

La chaleur de tes yeux,

Bien que la vie nous le dise nous paraissons heureux,

Tous les jours tu te lèves.

Il fait froid dans le Nord.

Mais tous les jours tu te lèves.

Des supernovas comme vœux.

Parce que quand une étoile se meurt,

Je brûle et me noie dans tes yeux.

Piano

La nuit est mauve.

Elle pleure, aussi.

L'orage tonne et je vois ton poil se hérisser.

Sous mon être que tu fuis…

Tu es posé sur le dos,

Ta nudité ne me choque plus.

Je suis allongé, ma tête entre tes cuisses.

Comme la douceur d'une éclipse,

Mes doigts pianotent sur ton bassin,

Apocalypse.

Ta main veineuse passe dans mes cheveux et me les caresse.

On regarde le plafond blanc jusqu'à ce que la lune y paraisse.

Sur ton visage luit sur le mauve que la nuit blesse.

Tes cheveux blonds deviennent gris

Et mon corps s'étire tandis que tu le touches,

Le palpes…

T'en demandant toujours plus

Mon âme se dégage de mon corps

Et j'hyperventile,

Je ferme les yeux

Profite de chaque instant

Le piano monte en octaves,

Et enfin je respire.

C'est hanté par ton ombre, que je suis.

Je ne fais qu'entendre ton prénom tant je me le dis.

Tu as disparu de mes draps, de mon lit.

Ne nous reste que l'évanescente histoire à repenser sous la pluie.

Tes doigts pianotant sur mon bassin cette fois-ci.

Osmose

Je roule.

Roule sur le goudron qui fait vibrer mes

pieds sous mes semelles usées.

Il est tard,

Ma planche grince et je manque de chuter.

Autre chute que celle que tu m'as causée.

Il fait chaud.

La longue brise d'un nouvel été survient

tandis que je continue ma route

Vers toi.

Pour une osmose éphémère sous de

colorées lumières.

Et je reverrai tes yeux.

Je n'attends que ça depuis si longtemps.

Revoir tes jolis yeux

Dans lesquels je me plongeais

Alors que toi tu souriais.

Peut-être même sans savoir

Tout ce que tu me faisais.

Je roule roule roule roule roule roule roule roule

longuement.

Je n'ai plus le choix tant je te veux.

Il me faut aller te chercher,

Piquer tes ventricules

Et les voir exploser.

Pour moi.

Rien que pour moi.

Je te prends dans mes bras comme

tu m'avais pris.

Le sol vibre encore plus fort.

Une première larme tombe.

La première depuis février.

Une cigarette à la bouche

J’espère que tu ne comptes pas me tuer.

Toi l’objet de mes songes…

Il nous faut sérieusement discuter.

Et nos corps ont fondu l’un dans l’autre.

L’osmose que je nous voulais tant.

Un baiser interdit créé hors du temps.

Espoir

Elle s'endort sur le dos.

Assignée, sur ce canapé en tissus

Ses yeux sont fermés.

Ils sont bleus, ça je le sais.

Cependant je ne sais ce que j'aurais fait sans les avoir vus ouverts.

Et c'est la première fois,

De toute mon existence,

Que je la vois aussi calme.

J'aurais aimé commettre un crime,

Lui offrir un baiser.

Cela n'arrivera pas.

Jamais.

Cependant j'en ai rêvé et j'en rêve encore.

Et j'ai conscience que c'est bien impossible,

Non.

Je n'en ai aucunement conscience puisque je garde espoir.

J'aurais aimé commettre un crime.

M'offrir un baiser,

Rencontrer tes lèvres,

Toujours,

Pour toujours.

Je ne le peux…

Je ne peux que savourer ses yeux angéliquement fermés tant qu'elle me les accorde.

Même si j'aurais adoré découvrir la saveur de son corps.

Elle

Elle est allongée sur le dos,

Morte et doucement indolente

Elle esquisse l'odeur de sa peau,

En dansant comme une insolente.

Quand les roses fanent avec l'horloge,

Elle tourne autour de la lune

Goûtant au souffle sur sa gorge,

L'éclipse passe dans la nuit diurne.

Le gel brûlant des anges soupire,

Comme quand elle avait un caprice

Quand ses larmes coulent et respirent,

Et ses rêves étaient ceux d'Ulysse.

Un papillon sanglant mortel,

Coupe à l'arme grise ces pensées

Décomposant sa chandelle,

Des excuses perfides et aisées.

Son opium magique enfantin

Lutte secrètement contre moi,

Et la guerre fut vaincue en vain

L'amour enfoui devenu loi.

Elle ressemble à cette bougie,

Retraçant l'odeur de sa peau

Et ses flammes brûlantes qui luisent,

Épousent les formes de son beau.

Et je l'aime, mon cœur écarlate

Fond comme cette neige putride,

Interdisent mes songes disparates

Cette lumière chaude et perfide.

Vertige

Tu marches avec ton joli sourire,

Tes canines perçantes comme tes yeux.

Yeux qui se détournent soigneusement de mon regard.

Et le monde tourbillonne en face de moi,

La pluie me tombe dans les yeux,

Traîtresse.

Elle essaye de m'aveugler de ta présence.

Elle veut flouter ton joli visage de mes jolies rétines.

Mais quand j'ai combattu ces larmes de nuages,

Et que je t'ai vu…

Ma tête s'est mise à tourner comme ces éoliennes que tu aimes tant,

Et mon ventre a tambouriné ces batteries incessantes,

Mes oreilles ont joué de cette trompette indécente.

Cet orchestre intempestif qui me déchire le cœur ne s'est jamais arrêté.

Jusqu'à ce que nous soyons si proches l'un de l'autre dans l'escalier du bus.

Cela faisait longtemps qu'on n'avait pas été aussi proches physiquement.

Et ça remet la dopamine de mon cerveau en marche,

C'est reparti pour un tour vers la folie de mon âme.

Et la pluie ne veut s'arrêter de tomber.

La symphonie de mon être n'a voulu se taire et ton corps… coincé dans mon champ de vision se tient merveilleusement dans l'atmosphère.

Le ciel est bleu…

Les arbres sont verts comme au printemps.

Mais noyé par les larmes du ciel ce printemps tarde et s'étire dans l'hiver.

Un peu comme toute notre histoire.

Un peu comme toute cette ivresse incessante.

Si je tombe dans les pommes, je veux que les pommes soient tes épaules.

Et les rires derrière moi me dessinent un sourire qui fait tomber des cristaux le long de ma joue.

Ce rire en particulier,

Son rire,

Ton rire.

Immortel fou que tu es…

Tu sais très bien ce que tu me fais,

Illusionniste te plongeant dans mon crâne,

Tes yeux sont vides.

Ô humain que je suis,

Urticants sentiments qui brûlent,

Avec la douceur de ton échine,

Naguère si beau de mauvaise fortune.

Tes Nuits

Je veux connaître tes nuits.

Le dernier métro

Le premier bar.

Le lever du soleil ressemble à tes hanches,

Fébriles rugissements

Rires en bruit de fond.

- *Bonsoir?*
- *Bonsoir.*

Je ne sais pas ce que je fais,

Parcourir tes veines,

La lune est belle

M'offrir à toi.

Se déhancher en jouant à cache-cache avec le monde.

Rire à la mort et sourire à la vie.

Te connaître,

Enchantement.

Catapulter nos vêtements.

Tes yeux brillent au soleil

Bleus comme le cadavre de mes années sombres,

Allongé,

Sur le plateau de métal

À la morgue.

- *De quoi ?*
- *Quoi.*

Quoi que sont ces battements de cœurs qui m'enivrent aux rythmes sensuels de la musique.

Redécouvrir la vie avec toi,

À travers tes nuits.

Nouvelle Âme

Ciel nuageux,

Tramway.

Il ne pleut pas, il fait chaud.

Aussi chaud que quand je te regardais,

De la braise sur le corps,

Doucement ensevelis par ton souffle

Qui s'accélère sous ma peau,

Nos cœurs tremblent et se camouflent.

Ce n'est pas usuel,

Pas normal…

Autant d'envie pour des yeux

Que mes ventricules ne lâchent du regard

J'hyperventile.

Je n'arrive dans pas longtemps

Pourtant chaque seconde se subit comme

une heure

Lentement.

Le temps passe trop vite en ta compagnie,

Quatre heures nous étaient déjà arrachés,

Bientôt on va se retrouver:

Que disais-je?

Un bel aprem d'été…

Classique comme un mojito

Et mes doigts toujours gelés.

Rendez-Vous

Cheveux bruns,

Azur aux milles flammes

Et ciel dérangé par les nuages.

Peau contre peau,

La douceur de tes lèvres

Les délices de ta langue

Et tout l'atmosphère,

Doucement, s'étire

Sous cet été qui déjà transpire…

Il fait chaud,

Il ne pleut pas.

On tombe et seulement de joie.

Telle est donc la bonté d'un souvenir,

Mes mains sur tes hanches

Ma peau fond et se mélange à la tienne

Quant au soleil qui absorbe l'univers,

Lui nous observe, nous admire,

C'est la première fois que je dire.

J'aurais aimé pouvoir enfreindre la loi

Rien qu'un jour,

Misérable et pardonnable

Et sur le sol je respire.

Les mains collées je ressens nos soupirs,

Les étoiles brillent et je peux te le dire.

Vide

Ma main cherchait ton corps ce matin.

Je n'arrivais pas à me lever,

Mes yeux restaient fermés par la force de mes songes.

Mes songes, c'était toi.

Ton cœur s'absentait.

Que dire à mon âme en ce matin de joli printemps?

Où l'esquisse de chacun de mes souvenirs recréait de leurs fusains ton visage d'il y a un temps.

Un aveu grinçant volant au gré du vent

Fait grincer les coquelicots qui se reflètent dans l'envers de tes yeux.

Quelles paroles vas-tu encore chuchoter à mon oreille en mettant ton pouce contre mes lèvres?

Yeux dans les yeux, sans nous connaître.

La musique a explosé quand tu m'as pris dans tes bras,

Battant.

Tu sautes, tu danses, tu parles, tu embrasses, tu emmènes et tu embrases.

Je n'ai plus respiré depuis.

Il n'y eut jamais de véritable lien pourtant,

Même si je ne fais qu'imaginer nos doigts,

Grelottants sous le préaux

Le tabac qui brûle et nous regardions vers le haut.

Ta main était sur mon dos.

Tu brûles dans mes rétines,

Les photos courent les pixels et je te veux,

Te vois,

Soudain glissant vers mes bras

Je t'attendais, tu n'es pas revenue,

Même pas pour une heure ou deux.

Je t'écrivais des monologues et tu pensais au vent.

Est-ce ça l'amour au printemps?

Horreur sanglante, hurlant,

Des pages et des pages se remplissaient

Et la musique s'est arrêtée.

Ce matin je ne me suis pas levé sans t'avoir prise contre mon corps,

Même dans ma tête, mon cœur battait et ma peau était violette.

Corps à corps soudain,

Cœur à cœur enfin.

Virée en Moto

Sur ta moto ça sent l'essence,

On roule dans un désert, nul sens

Sans savoir où nous allons.

Divaguant entre le sable sec sur lequel reposent les sirènes du lagon.

Je regarde ton corps se courber pour que je puisse t'agripper

En me disant que tu m'aimais.

Très fort,

Te croire me mettait en tort.

Nous roulions sans sens si soucieux du suicide.

Sentions le gasoil nous brûler comme le soleil nous embrassant la peau.

Et c'est là que j'ai appris que tout était faux.

Fossoyeuse de mon âme tu m'as souillé.

Mais pourtant je t'aime avec tout ce que tu contiens,

Comme un enfant aime son coffret collector qu'il trouve au magasin,

Je t'aime toi et ta violence,

Même si vous avez kidnappé mon innocence.

Ange diabolique fée magistrale soupire contre ton cou violet par mes baisers.

Le paradis est sur terre.

Et c'est nous deux, en clair.

Maintenant chante-moi tout ce que tu espères.

Triste Nouvelle

- le *ciel est bleu?*
- *non, il est violet...*
- *ah.*
- *je t'aime.*
- *je t'aime.*

et tandis que nous nous embrassions sous la pluie, je sentis ses lèvres parcourir les miennes avec une ardeur indescriptible. je me suis senti obligé de m'agripper à ses cheveux pour avoir un semblant d'équilibre. ils étaient mouillés à cause des larmes des nuages et de notre escapade à la piscine. Sa main redessinait ma colonne vertébrale déjà nue et moi je plaçais ma main libre sur sa hanche. nous sentions l'alcool et la clope mais notre baiser n'en fut moins bon. nos cœurs battaient, l'un contre l'autre, hardiment et sans répit, avec les étoiles brillantes qui nous regardaient de là-haut, d'un œil aigri par la jalousie. J'arrivais à sentir chaque petite cellule de ses lèvres me parcourir. sa langue se baladait le long de mon corps. on sait tous comment ça va finir, non?

- non.
- pourquoi ?
- je n'aime pas les garçons.

Sur les Quais

Il y avait un peu de vent sur les quais,

C'était agréable.

Nos bras emmêlés, enchaînés dans notre osmose,

Nous étions imbattables.

Le monde autour de nous était un peu flou,

Nous parlions,

De tout.

« Fais gaffe quand tu sors avec un poète »

Il ne ferait que t'écrire.

Les bouteilles vides sur la pierre et les carpes dans l'eau,

Ma tête sur ton épaule,

Un premier baiser,

Inoubliable début d'été…

Le temps nous pourchassait,

Nous séparait mais nous restions,

Sans trop penser aux conséquences que cela pourrait avoir nous étions si bien,

Nous vivions pleinement et n'avions peur de rien.

Friction Humide

Elle danse entre mes jambes et je lui touche le corps,

Ses lèvres basses créent une rivière et le bâton dur dans mon jean devient douloureux tant il veut être en elle.

Ma langue goûte à l'électricité de son épiderme.

Élection,

Érection,

Elle est faite de fiction,

Notre toucher est sujet de friction.

L'humidité de sa peau et l'ardeur de ses cris rendraient les requins sourds,

Ses cuisses vibrent et mes lèvres saignent.

Frottement onirique

Rêve érotique,

Ma baguette magique arrive à faire rouler ses yeux jusqu'aux étoiles.

Elle jouit quand j'entre en elle,

Friction humide,

Cris d'idylles,

Sexe récréatif.

Bâteau

Mon âme tangue comme mon corps sur la mer,

Le coin fumer du bateau,

Mes hanches collées aux tiennes

Je savais que tu étais beau.

La mer est bleue et c'est à cause du ciel,

Le même que celui qui m'interdit de t'aimer

Mais je m'en fous.

Nous seuls savons ce que c'est

Le tourment en plein milieu de l'océan.

Un ange collé aux oreilles il y a des enfants,

Sur le coin fumeur du bateau.

Je le saurai si tu me mens.

À deux doigts du suicide je monte sur la bordure en métal peinte de blanc.

La peinture est sèche mais fraîche,

Perdu sur ce pont au milieu de l'océan.

Mes larmes sont enfin sèches.

Aimons-nous, allons-y.

Tentons cette traversée

Où les femmes ne sont pas conviées,

Vivons de cet amour que les vagues

N'arrêtent pas de crier.

Ton ombre infernale brille et saute

Du rebord du navire.

Brillant comme le soleil au centre du joli vertige.

Debout, le coin fumeur nous mire.

Limonade

Je vois le soleil lui caresser la peau,

Allongé sur une chaise longue

Son corps avec douceur définit le beau

Et crée à mon égard des pensées mondes

Car quand on le voit calmement endormi

L'on ne peut ne pas s'imaginer d'histoire

Que mon corps rabougri

Dessine plein d'espoir.

Il y a du jus de fruit et de la limonade

Sur la table basse du jardin,

Le coup de soleil sur mon bras malade

Que mon corps soit caressé par tes mains

Électriques et enivrantes, presque douces

Et froides comme hier soir,

Nuit estivale et bain plein de mousse

Puis câlins érotiques dans le noir.

J'y ai goûté ta chair, pour la première fois.

Les cieux ont déjà entendu mes prières

Où je décrivais ta sueur comme mon roi.

J'ai, enfin pu, goûter à ta chair…

Envers et contre toutes les lois.

Traces de Sel

Allons à l'aube voir les couchers du soleil

Qui, par leurs couleurs, nous ensorcellent,

Nous plonger dans la mer, comme la veille

Où nos corps se collent: les traces de sel.

Touchons le sang qui dépasse du ruisseau

Les larmes d'une jeunesse apaisée,

Où pleure le bébé dans son berceau

Qui voit sa croissance s'alarmer,

Et quand les femmes dansent sur la toile

Nous voyons, ensemble,

Au fond des étoiles la brillance de ses yeux couverts

Par un voile translucide mais irisé: feu,

Que les deux enfants voient comme un jeu.

Seuls, dans une étreinte, il pleut.

Visage

Ton visage se redessine dans ma tête avec des cendres,

Une image que je ne n'oublierai pas et d'une vivacité dansante.

Il y a des yeux qui me sont impossibles à oublier.

Les tiens en font partie maintenant.

J'aurais aimé apprendre à te maîtriser.

Ton visage se dessine dans ma tête comme avec des cendres,

Continuellement.

Il se compose et se décompose, tendrement,

Les cheveux bouclés sous le vent.

La mer est vaste et j'ai une soudaine envie de découvrir ton corps.

Il y a des yeux impossibles à oublier

Et les tiens persistent encore et encore.

Ton visage se dessine dans ma tête rien qu'avec des cendres,

Perpétuellement.

Boire et vivre sur le navire qui danse,

Doucement.

J'aurais aimé en savoir plus sur ton existence,

La fumée échangée,

Ton visage se dessine rien qu'avec les cendres d'une cigarette allumée.

Comète

Visages collés l'un à l'autre,

Les yeux dans les yeux

Sous la pluie,

Nous ne faisions qu'un,

Nos cœurs battaient,

Ça ne faisait que quarante huit heures…

Rapidement passées

Comme une comète transperçant la nuit.

Amas de glace et de poussière

Protège nos corps par sa beauté,

Et a réuni nos âmes autrefois attachées.

Les cendres éparpillées dans le ciel

J'ai des étoiles dans les yeux.

Mon corbeau aux cheveux clairs

Et mes mains en fonte sous ta peau

La comète est belle,

Aussi belle que toi mon ange,

Et aussi douce que des airs de guitare

Assis sur l'herbe.

Nos lèvres se mélangent et on tombe par terre,

En riant

Comme des fous.

Fous parce que je commence à être fou

De toi.

Et la comète traverse vite l'infini du ciel,

Elle nous a survolés et nous nous sommes

Rencontrés,

Et l'infini ne nous laissera pas tranquille.

Pas pour nous déplaire,

Il n'y a plus de douleurs

Que des sensations.

La comète nous aveugle et on ne peut la regarder sans

se brûler d'amour…

Et on a toute la vie,

Même si là le temps est notre ennemi,

Ma comète d'amour.

Congratulations - Mac Miller

Lost I feel the highs get through my souls.

Never thought greens would be this cool.

An AirPod in my right ear I imagine the entire world again…

I think I might want someone that looks like this song,

Feels like this song…

Congratulations - Mac Miller.

Where is she?

Where is she hiding?

Or where is he ?

Where the fuck has the world hidden them from me?

I bet she's devine,

Her neck all red by my kisses and her hair sweaty by my swings between her legs.

Yeah…

The devine feminine…

I'm still high though and she's still all I have ever wanted.

Through time and forever

Man I guess I love her

And I've never loved a woman before.

What's going on?

My heart belongs to this Congratulations looking girl and she be takin her time.

Yeah…

I think I love her.

She reminds me of the color blue :)

Baiser Marin

Sur le sable chaud brûlant nos pieds nus pendant la nuit,

La lune nous crache dessus et nous maudit pour le passé que nous avons vécu.

« Changer la fin de l'histoire »

Est-ce réellement une bonne idée?

Te regarder marcher,

Au milieu de la foule,

Tendrement.

Sur le sable chaud brûlant nos pieds nus pendant la nuit,

Nous sourions au destin et le remercions de nous avoir réunis.

Ma main dans la tienne,

Tremblante,

Changeant la fin de l'histoire,

Ton sourire même aujourd'hui me hante.

Sur le sable chaud brûlant nos pieds nus pendant la nuit,

La mer divague et fait échouer nos songes interdits.

D'une légèreté gracieuse et languissante je peux l'affirmer,

Sûrement,

Tu peux m'embrasser à tout moment.

Sur le sable chaud brûlant nos pieds nus pendant la nuit,

Tes yeux brillent et mon sang coulait le long de la rive.

On ne se quitte plus des yeux.

Le voilà, ce fameux moment,

En face de la mer,

Les cheveux au vent.

Danse/Rire

Je me suis brûlé avec une cigarette hier soir…

Coincée entre mes lèvres, mes doigts grattaient les cordes de ma guitare acoustique.

Je regardais tes yeux se plonger à l'envers de mon être pendant que je te chantais une chanson.

Celle que je t'ai composée.

Tu souriais,

Tu t'es levé pour danser

Et nous étions nus.

Ton dos se tordait sur le sol de ma chambre et tu venais m'embrasser,

La fumée s'échangeant entre nos bouches.

Ma langue longeait le cours de tes lèvres humides par mes baisers.

Tu me mordais l'oreille tendrement…

Je reposais ma guitare sur le lit,

Les lumières de la chambre changeaient progressivement de couleur.

Nous avons ri.

Puis nous nous échangions ce bâton fumant

Et je t'ai embrassée.

Toutes les sensations se sont ouvertes.

Ton cou blanc tremblait,

La chair de poule te prenait la peau,

Et je continuais de te dévorer

Entièrement

Toute crue,

Dans ton entièreté.

Nous planions sous la musique qui raisonnait à nos tympans.

Et nous riions,

Nous riions…

Si fort et si honnêtement.

J'ai pris tes joues entre mes paumes.

Je me suis plongé dans tes yeux bleus et je m'y suis noyé.

Le joint se perdait entre nos lèvres qui s'emmêlaient.

Nous n'avions aucune idée de comment ça allait se terminer.

Mais on s'en foutait.

Lomepal était en fond.

29 Avril

Comme pour chaque lettre,

J'ai posé une date sur notre rencontre,

J'ai écris sans vraiment savoir quoi mettre

Sans vraiment peser nos pours et nos contres:

Un ange, toi

Qui défile dans mes rêves ensevelis

Comme une belle image d'hors la loi,

La lune devant nous luit.

La longue phrase de notre poème

Illustre la manière avec laquelle on s'aime.

Doucement, notre cœur bat sous ton poid.

Une cigarette à la bouche nos corps se tordent,

Tu t'étais mise derrière moi pour que je te morde:

Brillant à jamais devant nos étoiles.

Nuages

Comment résister de t'écrire quand pour toi mon cœur bat la chamade au rythme des nuages?

La Foule

Boule à Facettes

La boule à facettes brille un peu plus fort

ce soir à la demande de la foule.

Leurs corps se mélangent,

Ils sont jeunes et affamés. - Mais trop jeunes.

La boule à facette brille indignement fort

ce soir à la demande de la foule,

À croire qu'elle se dénude et aveugle

Par ses couleurs - je ne te supporte plus.

Ils dansent tous en masse et sourient

Comme ils n'ont jamais souri.

Ils ne marchent pas droit et tombent

comme ils sont déjà tombés dans

Les abysses de l'oubli.

Toutes ces choses que l'on aurait pu faire,

Et craindre sans vaillance les vices de notre siècle.

Perdu dans la forêt sombre

Et couverte de cris.

Or la jeunesse, guerroyante, se bat contre

elle-même et contre un monde qu'elle ne

peut pas remodeler.

La jeunesse est destructrice,

Folie purement tarée, mais elle s'incline.

Parce que la boule à facette brille un peu plus fort ce soir,

à la demande de la foule.

Hurlements

Il s'agit là d'une nuit bien sombre,

Les néons rouges brillent

Ils ne veulent pas s'arrêter, dans l'ombre

La peur me gagne et mon crâne vrille,

Une décharge électrique,

Un oubli putain de forcé

Par des airs de piano maléfiques.

Se mutilent les traces de tout passé…

Il y eut des hurlements,

Nous pouvions les entendre à tout instant,

Le cœur qui bat, intempestif.

Les cordes vocales coupées tendrement

Ses lèvres paraissent rouges, doucement

S'estompent les images de ce soir festif.

Le Bruit du Monde

Quand on marche au milieu de la foule et qu'on sent des regards, on ne se retourne pas.

On observe, scrupuleusement,

A droite comme à gauche,

Chaque bruit qu'émet le monde.

Crash.

Cul sec!

Verre numéro 1 2 3 4 et 5

C'est parti.

Poudre blanche.

Plantes vertes.

Feu.

Danse.

On transpire.

Quand le bruit du monde émet des insomnies, on ne peut plus regarder l'heure.

On est lancé dans ce gouffre infini.

Cette route enrouée comme ma gorge au réveil.

Et tu n'es plus là,

Bruit persistant de talons contre le sol,

De gens qui s'embrassent,

De musique.

Tu n’existes plus.

Mes oreilles bourdonnent mais tu n’existes plus.

Et le soir même on se rhabille et on sert la main du videur.

Les retrouvailles avec le bruit du monde.

<3

Je la regarde comme les lumières nous scrutent.

Elle sait déjà tout.

Elle esquisse un énième sourire,

Elle me prend la joue,

Le monde ralentit, le temps d'un instant.

Elle passe une main dans ses cheveux, puis dans les miens,

Et nos lèvres se rencontrèrent dans une osmose apocalyptique,

Brûlante et battante, la musique nous rythmait.

Nous étions collés l'un à l'autre comme un ange à ses ailes.

On dansait encore,

Les gens ne nous regardaient pas,

Nous étions seuls au monde.

Un amour impossible devenu pourtant réalité,

À une soirée d'été.

<3

L'Espace

Comment arrêter les acouphènes ?

La rue hurle calmement bien qu'elle soit pleine à cette heure tardive,

Il est minuit passé.

Les voitures se précipitent vers le passé,

Ils fuient le futur: la redescente.

J'ai le vent dans les cheveux, la bouche béante.

Il y a des éléphants, tout le monde rigole,

Les couleurs que je vois n'ont jamais existé. Jamais.

Je le sais, je viens de peindre.

Sur ma langue se pavanent les vibrations mondaines enfermées par le prisme.

Utopie nocturne,

Fuyons le diurne.

Apprivoiser le présent, le contrôler,

L'arrêter sous les paillettes aveuglantes de l'espace de la fête.

Les voitures se précipitent vers le passé.

Carmen

La robe rouge de Carmen est tachetée d'alcool. Ses bras s'élèvent sous les lumières dansantes qui éclairaient ses yeux. Son corps se tord sur le sol qui vibre. Son verre, le sixième de la soirée, déjà se retrouve vide. Son rouge à lèvres, teinte sang, dépasse ses délimitations. Cet écarlate indécent se mélangeant à la couleur de sa peau.

Elle en voit un, debout là-bas, il danse. Il est plutôt joli, joli comme un cœur. Ses cheveux bougent au gré de ses sauts rythmés par la musique. Elle observe son torse à travers sa chemise translucide, assoiffée de corps à corps elle s'en approche et marque son territoire. La "petite princesse" a si vite grandi. Elle est devenue panthère charnelle et reine de luxure. Tous ne veulent que de sa carrure.

Alors tous les soirs, elle se met du crayon noir et du rouge à lèvres teinte sang. Et tous les soirs, elle se brûle la gorge en mélangeant les liqueurs. Elle disparaît dans la foule qu'elle ensorcelle. Mais elle se voit malheureuse dans son corps, toujours cambré, qui, lentement, au rythme des notes, se déchirait.

Douce Ivresse

j'arrive à entendre la musique depuis l'extérieur de la maison,

c'était une jolie soirée d'été,

toute jolie tout comme tes yeux, qui comme des enchanteurs tentent d'arrêter le temps.

le monde tourne, comme une toupie.

ma vue est tellement floue que je ne peux même plus lire.

mes tympans ne vibrent que par nos rires… nos blagues à deux balles dont la chute est peu aimable.

j'aime ton sourire aussi,

tellement que c'en est indicible.

ton sourire arrive à me faire sourire,

alors je souris, te regarde rire, écoute ta voix valser entre toutes les tessitures possibles pour que nos corps vibrent.

- *on devrait rentrer non ?*
- *non.*
- *mais il fait froid...*
- *nos corps se réchauffent, ne t'en fais pas.*

mes yeux sont ouverts, et mon visage est pâle.

Paname

LA VILLE LUMIÈRE

Brille,

Fort très fort et brûle.

Puissions nous même ne pas être hypnotisés par sa beauté presque divine?

Le monde qui marche, qui danse,

La foule qui se mélange en face des grands monuments.

Le bruit des talons aiguilles contre le ciment.

La rue hurlante.

Galeries Lafayette, galeries Lafayette

Au centre du bruit intense

L'odeur des tissus me tient en instance.

Plongé dans mes pensées,

Zic aux oreilles

Et couleurs au cerveau,

Assis,

Contre le sol, je mire les œuvres et les garçons.

Fin de Soirée

Il fait nuits,

Minuits passent,

Observant les étoiles avec la lune.

Allongée sur ma cuisse,

Me dévorant des yeux.

Le premier métro,

Il défile.

Le premier métro.

Le grincement sourd résonne,

Diablesse sonne.

Il fait nuits quand le jour passe,

Le soleil dort paisiblement.

Marchand de sable

Mes rêves luisent

Il fait nuits,

Pour toujours les anges mirent,

Sans lassitude,

Les derniers sens de nos âmes.

Il fait nuits quand il fait chaud.

Nous le regardions ensemble, ce premier métro.

Échappatoire

Tu n'as vraiment rien à me dire?

Des songes qui viennent de ton cerveau noué,

comme des fils électriques,

Qui avec leurs watts peuvent prédire l'avenir.

Danse danse danse

Fume et tire sur les plantes vertes qui te font survoler ta propre existence.

Ton esprit est déjà enterré,

T'es qu'un petit con qui se sent immense

Et ton immensité hurle au monde,

Que, tout doucement,

Tu observes nos âmes qui tombent

Folles de toi, brûlantes de te chérir

Et tu portes un amour solide comme la cire

De notre enfance.

Insouciance, insignifiance,

Détruite par la ruine de ton autodestruction.

Et le monde devant nous danse.

J’ai Quelque Chose à te Dire

Les lumières explosent dans cette nuit profonde.

La scène était pleine ce soir.

La scène était vivante ce soir.

Bordélique mais vivante.

Tes regards l’étaient aussi,

Tout autant vivants.

Je te l’ai déjà écrit,

Tes yeux pétillent d’étoiles filantes.

Et il faut que tu saches que,

Avec toute mon honnêteté:

I don’t wanna be your friend I wanna kiss your fucking lips until our breaths are panting,

Until our legs shake,

Until constant smiles are painted on our faces.

Mais je sais pas comment te le dire,

Sans avoir peur de m’étouffer avec du ciment.

Mais après tout la peur n’est qu’une construction sociale.

La peur ne sert qu’à empêcher les humains idiots à ne pas poursuivre leurs rêves.

Et je n’ai pas peur.

Je n’ai plus peur.

Donc, ce soir, je trouverai un moyen de te dire que je te vois plus comme un amant qu'un ami.

Et que mon cœur bat quand ton visage se dessine dans mon esprit.

Je te veux dans mes bras comme un ange dans l'atmosphère,

Et les nuages pleurent.

Mais après tout,

Si la foudre ne frappe pas pour nous,

Pour qui le fera-t-elle ?

Prologue Estival

Au milieu d'un champs

Bat la douce brise du printemps,

Sur le gravier, je te promets que j'attendrai.

Vivre toute sa vie en un seul été.

"J'vais m'bourrer la gueule"

Assis sur le blé.

Marchant les fleurs blanches

Sur l'autel je danse.

Douceur de printemps,

Sois-tu perdue,

Puissions nous ne pas mourir maintenant?

Et si un jour on s'oubliait?

Impossible,

Puisqu'on n'oubliera jamais l'été.

La chair de poule

La peau salée

Les cheveux secs

Le soleil qui brûle

La crème froide sur le dos

La sable chaud

Les soirées

Les lumières

Les restos

Les verres en terrasses

Les cigarettes au balcon

Les balades à vélo

Les baisers sans lendemain

Et le hasard du destin.

Jamais nous n'oserions oublier l'été.

Oublier cet été,

Où nous deux étions enlacés pour la première fois,

Notre premier été.

Des baisers aux lendemains,

Des yeux qui clignent et des sourires

Sous la brise de l'épilogue du printemps

Et prologue estival.

Spectateurs

Souvent pour s'endormir, nous fermons nos yeux dans le noir.

Et s'y passent des choses extraordinaires…

Mises en scènes battantes aux lumières qui dansent

Notre tête devient un théâtre

Dont nous seuls sommes les spectateurs.

On le regarde,

Ce fameux pestacle qui met nos envies en valeurs.

Quand je ferme les yeux dans le noir pour m'endormir,

Je te vois m'appeler.

Je te vois en face de moi.

Ton visage blanc laiteux

Et tes jolies formes de muse me prenant dans leurs bras.

Quand je ferme les yeux dans le noir pour m'endormir

Ma couverture prend soudainement la forme de ton corps,

Et j'y dépose plusieurs baisers presque irréels.

J'ai décidé d'y croire.

Croire que je te mire,

Bel ange endormi.

Et puis nos yeux se sont fermés ensemble dans le noir pour nous endormir.

Ma basorexie s'est calmée.

Maintenant je n'ai que mes rétines pour pleurer même si je ne vois plus rien.

Je t'aime.

Mais tu ne m'aimes pas.

Pourtant…

Quand souvent pour s'endormir, nous fermons les yeux dans le noir

Je te vois.

Profondément.

En face de moi.

Et nos lèvres se rencontrent dans une osmose apocalyptique

Et le noeud que forment nos échines traduisent,

Comme une confession,

Un secret que je te souffle doucement contre la peau,

Le fait que nos corps tremblent lorsqu'ils se collent.

Je te rappelle qu'on nous regarde.

Et je t'aime quand ma cigarette te brûle

Et que la tienne me tue

En nous échangeant leurs filtres.

Guitare électrique.

Playboy

How can I be sure you love me while you look like a playboy magazine ?

Amour Ignoble

The Love Cycle

I feel like love is a cycle.

Alway repeating itself being like:

- So… what are you looking for?
- I don't know… I'm open to options. What about you?

And always end up on a date, then on a second one… maybe?

And on the next episode one of the two's wishing for a third date which the other won't give because it's « better to be friends ».

I feel like love is a cycle.

Even when it is working out:

- I love you.
- I love you as well.

But there will always be secrets that both of them won't ever tell.

It's always the same.

One really wants it to work out and the other doesn't.

I feel like love is a cycle.

Always rehearsed,

Always the same:

- We should get to know each other !
- Yeah, maybe around a drink sometime.

And even when things are doing good

There always is one who gets misunderstood.

I feel like love is a cycle.

- We should stop talking.
- Okay… Why though?

No answer

The significant other won't ever pick up the phone.

I felt like love was a cycle

And then you appeared.

Singing on the streets of Paris,

A couple always will.

- Let's walk together for a last set of 5 minutes.
- Yeah! Sure!

I really wanted us to work out

But you, obviously didn't.

I felt like love was cycle

Before you entered my life and changed everything.

My everything.

But I… didn't change a single thing…

To you.

I felt like love was a cycle

But you were that bit of fresh air I was so desperately looking for.

Craving your skin,

The taste of your lips,

On that week-end in Paris.

I felt like love was cycle

Before you made me realize what it really was made for:

Staring at the empty, flat white walls,

Smiling like an imbecile,

Imagining your eyes

And your hips on the dance floor.

I felt like love was a cycle…

And you made me feel that way even more on the day you left.

Not giving a shit about the way I felt.

- We should be friends.

No we shouldn't.

I knew you'd never feel the same.

Yeah… that is how stupid I was.

Feeling like love was a cycle,

But never when it came to you.

Lunatique

J'en ai voulu à la lune,

Comment a-t-elle pu me trahir?

Me faire des promesses que jamais elle n'aurait pu tenir ?

J'en ai voulu à la lune,

À chacun de ses cratère

Et à chaque poussière composant sa terre…

J'en ai voulu à la lune,

Mais pas à toi.

En tout cas pas au début…

Cependant j'ai compris que vous aviez un point commun,

Elle et toi:

Vous disparaissez dès que l'espoir est trop grand,

Vous dites vouloir une chose pour vouloir le contraire quelques jours après,

Vous dites pouvoir offrir quelque chose d'immense,

Vous offrir vous-même…

Pourtant quand le monde se tait,

Il n'y a plus de secrets que mes clefs ne peuvent déterrer.

Tu regardes le coucher du soleil s'amoindrir,

Je te regarde toi,

Sous les lumières roses des airs du soir

Et puis,

Comme le halo d'un joli réverbère à la rosée du matin,

Tu disparais…

Sans prévenir,

Sans laisser un seul mot justifiant notre suicide.

Alors explique,

Comment ?

Une lame passée à travers des veines ?

Une corde au cou ?

Une plaquette de médicament ?

Un saut ?

Comment ?

Comment la lune a-t-elle pu te regarder faire sans même me le dire ?

Et c'est alors que tous mes doutes parurent clair,

Tout d'un coup,

Comme frappés par la foudre d'une particulière clairvoyance…

Elle était ta complice,

Moi j'étais la raison,

Toi le coupable,

Et notre connexion la victime…

Pâle,

Alourdi,

Mes tripes se retournent et il commence à faire un peu trop froid.

Je suis debout,

Je regarde ce que nous avions,

Petite étoile qui brillera pour toujours…

Et je ne te retrouverai pas.

Alors,

Élevé par le manque de gravité lunaire je lévite,

Sans pouvoir respirer…

C’est mieux qu’une corde, non ?

Nuances Rouges

I

Tes mains s'agrippent à la roche pour t'empêcher de tomber mais tu ne tomberas pas,

Et tu le sais.

Tes ongles détruits par la lourdeur de ton corps pendu par dessus la mer

Lâche,

Tu ne tomberas pas,

Tu ne peux pas tomber.

Les fusils rugissent,

Des lances qui crachent de la violence.

Un gémissement de violence,

Un hurlement de haine,

Le monde s'estompe.

II

Il y a des nuances,

Des risques à éviter même si on est déjà prêt à se battre contre la mort…

Et à mourir.

DANSE ! Descends !

« Tu me frappes en pensant me caresser. »

« Ton amour est un poison. »

« Alors arrête de me baiser. »

III

Te rappelles-tu de notre enfance ?

Délivrances, transe, violence.

Ton silence me tue,

J'ai pleuré trop de larmes,

Fumé trop de tabac,

Je respire du noir

Et regarde mes poignets

Mes veines battantes et je sens

Mes entrailles trembler et mon

Sang qui transpire alors que la lame

Dans ma main attend que j'expire et le

Flot de nuances rouges s'étaler contre

Le sol avec le sol qui s'écrase entre les

Bras du beau garçon aux ailes

Noires et je vois trouble, je me sens partir,

Mon cœur me freine, derrière l'écran.

IV

Ma jambe tremble en te voyant t'agripper au rocher, en vain.

Je me suis trompé…

Tu vas tomber.

Et tu vas mourir.

Mais ne t'en fais pas,

Je te rejoindrai.

S’Aimer

“S'aimer”, ce mot chaste ne suffit plus, T’entendre dialoguer, j’en assez attendu.

Quand te proposeras-tu ?

Arrêteras-tu de me privatiser ? Je me suis tu

Nouvelle route ! J’y ai cru !

Mon téléphone a sonné, appel inattendu…Mon coeur si confus

Barbu par négligence, j’ai un peu trop bu.

Tous ces rendez-vous,

Tous ces idiots de comptes-rendus…

Au bord de la chute, je me suis vendu.

Quand ? Quand serais-je un simple individu ?

Perdu, je pense, au mal que j’ai vécu,

Me considérant vaincu,

Un être détesté, non voulu,

Que personne ne connaît, la fin est absolue…

Nu dans le ardent désert de l’exil, j’ai enfin disparu…

But Why ?

Why am I always the one that's left by?

Why me?

Is there a problem on my face,

A scar that's too deep, that cuts right through my soul?

Why me?

Tell me why I see him walking by,

Why do his smoldering eyes sear my flesh and bones?

Tell me why his white skin is so attractive and catches me to believe that an osmosis between the orange tones of mine would go well with the snow of his.

Why me?

Why does he get to be the one who leaves?

Why does his smile haunt me?

His laugh,

His words that are like lit swords to my ears,

The way he sits when he smokes a cigarette from my pack,

The way he jokes around and keeps being so chill and I don't even know how he's doing that,

I don't even know why he's doing that,

WHYYYYY?

WHY ME?

WHY US?

WHY DON'T YOU WANNA KEEP ME A SECRET?

WHY DON'T YOU WANNA KISS ME,

JUST ONCE,

I PROMISE?

Oh I know why…

You like women,

Not us,

Not me…

But why?

Papier

Sur mes épaules il y a des coupures,

La douceur d'un vent en soirée d'hiver,

Les doigts gelés.

On écrit,

On écrit parce qu'on le peut,

Je me suis endormi sur la musique de ton coeur,

Sur ses cris,

Ses hurlements, ses hallalis.

Ça fait longtemps maintenant que la lune nous salue.

Tu es parti sans revenir,

Tu m'avais pourtant promis de revenir.

Alors j'écris,

J'écris beaucoup.

Je n'ai presque plus de papier.

Je ne peux presque plus écrire.

Comme le soir où tu m'as embrassé,

Je ne pouvais plus écrire,

J'étais trop amoureux.

Mes doigts effleurent ta peau

Je les écoute et t'écoute.

Ce n'est ni des mots d'amour, ni des mots d'amitié.

Mais des paroles vides.

Si vides qu'on pourrait en faire un roman.

Avec du papier.

Des milliards de milliers de feuilles de papier.

Rêve Prémonitoire

Les souvenirs n’existent pas,

Les promesses ne sont pas tenues

Le corps à corps devient vite automatique

Loin de nous cette nuit en plastique,

Où vivra notre amour tragique.

Doucement des voix chantent

Et meurent lentement,

Les étoiles aussi, puissamment

L’herbe fraîche de l’hiver qui arrive,

Son sang au cœur des humains

Il voit les maisons en débris…

Une onde nocturne qui couvre le ciel,

On prend ce qui brille pour le firmament.

Toi comprit, apparemment.

Parallels

Wanna see each other,

Dance on the ground drinking and smoking,

Destroying ourselves

And then get undressed and watch the rain pour,

Your skin on mine,

My skin on yours.

Wanna see each other,

Bad fucking idea,

And then cry and feel concrete in our throat,

No love

Just sex

No sex

Just love,

Parallels.

Cœur Brisé

Ai-je déjà brisé un cœur ?

Peut-être, oui… un seul.

Suis-je coupable de l'avoir tué ?

Oui… mais maintenant je suis seul.

Pourquoi ai-je sali mes mains de sa peau ?

J'aurais aimé lui sourire,

Peut-être caresser son visage, aussi…

Combien de fois mon cœur a été brisé ?

Il y a des fantômes partout, des acteurs

Qui, et on le voit, ont le front qui dégouline.

Non, les fantômes ne sont pas gentils.

Il n'y a de meilleur sentiment que

celui de se faire aimer.

Un cœur brisé peut vite être réparé par un fantôme vivant.

Cœur à Cœur

Rêvez un jour d'un cœur qui brille,

Comme une belle étoile, il scintille,

Et puis un jour ce coeur se brûle,

Étant tout étouffé, il hurle.

Cœur à cœur le beau jour se lève,

Cœur à cœur j'espérais la fève

Pour être le roi de ton cœur,

Corps à corps, et puis cœur à cœur.

La bougie éclaire mes jolis yeux,

Un éclair: le ciel merveilleux,

Se lève un jour au crépuscule.

Fille au corps de libellule,

Beau petit cœur, passe moi ton pull,

Et c'est tout, mains face au crépuscule.

“L’Enfer, c’est les Autres”

« L’enfer, c’est les Autres »,

Surtout quand ils me dévorent par leurs flammes paradisiaques,

Leurs chaleurs qui m’enivrent.

« L’enfer, c’est les Autres »,

Surtout quand on les aime,

Et que leurs âmes nous ensorcellent.

« L’enfer c’est les Autres »,

Non.

L’enfer c’est une autre.

Une autre qui me tue par ses flammes infernales,

Ses chaleurs hivernales,

Comme mon cœur qui se tord sous les bruits de la pluie.

Mon échine qui tremble à la tessiture de sa voix d’ange,

Et son visage blanc comme la neige des spectres angéliques.

L’enfer c’est cette autre qui m’enflamme.

Et s’enflamme avec elle l’univers de cette lune indécente.

Et je veux être l’enfer de cette autre,

L’embrasser comme elle m’embrase

Et l’embraser comme on s’enlace.

Nous sommes un enfer l’un pour l’autre.

Philophobie

J'ai peur de te regarder

J'ai une phobie monstre de tes yeux.

Quand tes épaules se dénudent à mon toucher

Je suis effrayé de tomber amoureux

Et je ne saurai l'expliquer,

Pourtant je le veux et c'est véritable

C'est vrai,

Pourquoi ai-je si peur de l'amour durable?

Philo-sophie

L'amour de la sagesse,

Pourtant de cet amour aigri

Je tremble de vieillesse.

C'est ce que l'on appelle le manque,

Mis dans un flacon

Où mes sentiments se planquent

Quand nos corps sur le balcon

Dansent ensemble presque endormis,

Nous deux c'est loin d'être fini

Pourtant j'ai peur de l'infini.

C'est ce que l'on appelle la philophobie.

Les Quatres Saisons

Je pourrais t'aimer pendant les quatre saisons de Vivaldi.

Regarder les feuilles mortes de l'automne tomber comme je suis tombé amoureux de toi. Le marron des châtaignes et de la terre repeindre la couleur de tes yeux et l'ancrer dans nos lois.

Regarder la neige froide hivernale blanche comme ta peau presque translucide couverte par des vêtements de ski. La chaleur du chocolat qui me rappelle la douceur de ton souffle contre ma chair, tremblante de froid.

Regarder les fleurs lentement s'épanouir au gré du vent printanier comme mon cœur qui s'ouvrait à toi. La pluie lentement tomber contre nos corps enlacés où l'amour était roi.

Regarder le ciel dépourvu de nuages comme notre amour en été. La brûlure sur ton dos doucement apaisée par mes baisers.

Et je pourrais recommencer, tous les ans, encore et encore. T'aimer pendant les quatre saisons de Vivaldi, et toujours plus fort.

Manque Poétique

Tu me manques déjà.

Et je viens à peine de partir…

Écrire des poèmes d'amour me manque déjà,

Surtout lorsqu'il s'agit de les écrire avec toi.

La pulpe de nos doigts emmêlés dessinant des mots avec une plume puissante comme notre univers à tous les deux.

On s'est dragués avec des poèmes d'amour.

Et j'aime ça très très fort.

Te serrer contre mon torse fut un cadeau que l'univers m'a fait.

Tu m'as été offerte par l'univers.

On a dansé,

On est tombés.

Sens propre et figuré.

Il n'y a plus rien à créer sauf l'évanescence de ce qui nous sépare.

With You

I used to cry over you.

That's something I'll never understand

Because my eyes usually never cry.

I had dreams.

Ever since I met you I couldn't get you out of my mind and that made me dream.

And yet you never stuttered even when you rejected me.

You never addressed me a single look except the ones that didn't mean anything to you.

But your glances were all over my soul.

And they will be eternally.

I met love with you

And it never let me go,

To the point that I couldn't let you go.

When the moon gazed at my heart I thought about you,

When the stars shined so hard I believed they would burst I thought about you.

And I would love to have done it, with you.

I wish I could though, feel your skin on mine,

Once again,

Forever.

I wish I could look at the pictures I have of you on my phone without wanting to throw up all the feelings I've ever had for you.

Why suffer this much over a love that was never reciprocal?

Why feel so many things over someone who doesn't even want the kind I am?

Why fall in love so hard if in the end, nothing happens but my teary eyes?

Your name kept resonating,

So deep in my gut,

To the point that it was the only one I could see or hear.

Your name,

Your name,

Your name,

Your name…

All over the world,

Even on the cover of the book a woman was reading on a plane.

Didn't know your name was so common until it became the only one I paid attention to.

And for what?

What did I feel all that for?

Rejection…

All that for a voice message on which you were full blown and explicitly, without any tact, pushing me away.

But your were too heavy to let go of.

And then everything stopped.

We stopped talking,

Whispering words to each other,

Late at night,

Still through messages.

We just stopped.

There was no signal at all…

Not anymore.

And I do not think my feelings deserved all of that pain just because I am not the kind you want.

I do not think my body needed to reflect, even physically, all of that miss I felt for you for nearly five months.

I thought we could still talk.

I thought we would see each other again.

You promised me.

I didn't know falling for someone would be such a mistake…

And yet here I am,

Only falling in love…

With you.

Pluie

Le goudron est mouillé.

Assez humide pour me glisser vers tes bras.

Mais il ne l'est pas assez pour nous faire oublier ce qu'il s'est passé.

Une question pose un hiver trop froid pour que nos liens survivent.

Par la fenêtre je te regarde et ton corps s'étire

Sous la pluie fine qui tombe sur tes cheveux, et toi rapidement qui marche pour éviter l'hypothermie.

Et ton corps dans ma rétine peint des petits papillons bleus.

Ta peau est trop couverte à mon goût.

Et tes yeux brillent à l'envers de l'orage.

Éclaire la foudre qui illumine mon cœur pour que l'on puisse partager cette luciole trop sage.

'Je t'aime'

Je ne suis pas miens, mon ange.

Je croyais te connaître mais je ne sais rien, mon ange.

Je veux dire regarde moi,

Devant toi, avec la boue de cette tristesse profonde qui m'accompagne.

Tristesse que…

Que je ne peux décrire, mon ange.

Mais je te désire plus que tout.

Je vois tes ailes s'ouvrir et te faire voler dans les astres bleus.

J'arrive à voir la lune te faire coucou, mon ange.

Rejoins-la, mon ange.

Je ne suis pas mien parce que je t'appartiens.

Parce que aussi fou que cela puisse paraître:

Je t'aime.

Je t'aime.

Je t'aime…

Et pour s'embrasser,

Il nous faut être sur une toile.

Figés comme des peintures médiévales.

Sur ces toiles on pourra s'aimer.

Enfin… si tu veux m'aimer, mon ange.

C'est ton choix, mon ange.

C'est un rêve transparent que tu transformes en cauchemar.

Quand je serre fort ma couverture pensant que c'est toi.

Quand ma main est devenue tienne et se met à me caresser les cheveux.

Quand mes yeux se ferment et que mon cerveau donne à mon nerf optique des images de ton sourire.

Je saigne.

C'est triste à dire mais tu m'as dit non.

Ce n'est pas grave, c'est la vie mon ange.

Je guérirai, ne t'en fais pas mon ange.

Et puis c'est pas comme si je savais quoi que ce soit, c'est plutôt l'inverse.

Le diable m'a offert le désir de te chérir.

Et refuser un cadeau est impoli, même si c'est le diable.

Alors je te chéris et tu refuses mon cadeau.

Cadeau que tu peux voir comme un cauchemar.

Des images qui te reviennent comme un rêve imaginaire.

Un feu qui te torture le bas ventre diabolique.

Mon corps dans ta rétine qui danse,

Comme un serpent qui grimpe le long de ta chair.

Comme une goutte de sang qui coule lentement, sensuellement le long de ton bras.

Comme une flamme haute qui se tord comme ton cœur en ce moment.

Ton sang transpire

Et tu m'aimes, sûrement.

S'embrasser sous la pluie et tout ce dont on a besoin pour vivre.

L'eau n'est plus vitale,

La nourriture non plus,

Puisque l'on passerait notre temps à se dévorer comme des fauves.

Comme si on avait dix sept ans.

Sauf qu'on a vraiment dix-sept ans.

Redessiner les ombres dans la lumière et te couper les ailes, mon ange.

Je te ferai voler, mon ange.

Plus besoin de tes ailes, mon ange.

Je t'aime, mon ange.

19

How?

How is that even possibly working?

Our hands were touching, they were stuck.

We talked, a lot.

You told me the most terrible news that I could hear from you,

You gave me the most horrifying smile I could ever imagine.

A friendly smile…

A friendly look…

Friendly eyes.

I told you how it sucked,

How dirty my soul deeply is,

How many corpses I got hidden in my closet.

Cross my heart hand to god,

You know everything…

And our hands were stuck to one another.

You gave me a few looks.

You…

You you you you you you,

19 year old boy.

You told me,

Quote unquote,

« I'm not like you ».

And it hit me.

You hang out with girls.

And that'll never be me.

Wish

I wish I was a bottle of water.

A basic, plastic one,

Sold in a grocery store.

I wish I was a bottle of water than anybody could buy.

I wish you walked in that grocery store,

Thirsty,

All dehydrated under the sun of summer that a light breeze breaks.

I wish I was the coldest water bottle available.

I wish you put your hand around my plastic body,

I wish you had carried me,

Bought me,

And touched me with your lips.

Putting all the liquid I hold inside of you.

I wish a was a water bottle.

But not one of any kind…

I wish I was your water bottle.

Because I wanna be yours.

Crazy what I would do for a kiss

Sauter d'un Pont

Il est là.

Devant nous…

Haut de cinq mille mètres,

Prêt à nous tuer.

Il est là.

Devant nous…

Le bruit du courant dans nos oreilles

Et cette intenable liberté.

Il est là.

Devant nous…

Il fait presque nuit on devrait rentrer.

On ne rentrera pas, on ne rentrera jamais.

Il est là.

Devant nous…

Sur cette planche en bois, sa bordure,

À observer ce vide incandescent.

Il est là.

Devant nous…

Nous priions pour nous même avant de…

Avant de sauter.

Il est là.

Devant nous…

Les larmes sont froides et le noir du ciel

s'approfondit comme nos effrois.

Il est là.

Devant nous…

C'est comme sauter d'un pont.

Mourir et arrêter la perdition.

Il est là.

Devant nous…

Ce vide infini qui nous sépare des vagues.

Nos pieds sont dans les airs.

Il est là.

Devant nous…

L'écart entre nos corps et l'eau s'amoindrit

Et ma main est dans la tienne.

Il est là.

Sur nous…

Ce cri strident qui fait taire le monde,

Ces regards amoureux sous les eaux.

Il est là.

En nous…

Ce départ si attendu,

La liberté nous fut chronophage.

Il n'est plus là.

Nous n'existe plus…

Nos squelettes sont enfouis dans le sable

Et tout ça parce que je t'ai cru.

Dénis

Je ne te crois pas

Et ne te croirai plus.

Joli corbeau aux cheveux sombres

Vole des sentiments en battant de son aile.

Allume une chandelle par la force de son cœur en enflammant la vie avec elle.

Je ne te crois pas quand tu me dis que tu ne peux pas m'aimer.

Et je ne te croirai plus.

Getting Over You

It's been a long time now,

A year, to be precise.

A year that I got over you,

A year in which I had died more than once.

I've loved you more than anyone else.

I've loved you the whole time and every time your eyes would meet mine.

I hated the fact that I couldn't stop loving you.

I hated the fact that you stopped our hearts from touching each other.

You were all I'd talk about…

And,

When my tears fell because of you and I could feel the hurt you caused for the first time,

I didn't stop loving you.

I never did, in fact.

And I still love you, indeed.

But the love became an obsession and that obsession had killed me.

For a whole year…

Tueur de Fleurs

Je ne t'en veux pas mon cœur,

D'avoir tué nos fleurs…

Le bouquet que je t'ai offert ce fameux samedi soir

Où il pleuvait, se désintégrait lentement à

la simple vue de la douceur de tes yeux.

C'était des narcisses,

Elles étaient blondes comme tes cheveux

Hurlant des hallalis au soleil

Qui courait sous la pluie.

J'attendais ce moment avec tant

D'impatience

Et je ne voulais que te voir sourire.

"Fais attention, je tombe vite amoureux…"

Oui c'est ça.

Surtout ne te blesse pas lors de ta chute.

Notre histoire se dessine à travers un secret

Enjolivé par un certain

mystère qui te concerne.

Les roses blanches sont devenues rouges

Et tu as leur sang entre tes mains.

Dégoulinant, je le vois comme je te vois…

Comme quand j'ai ressenti toute la

douceur de tes soupirs

Quand tu m'as embrassé

langoureusement,

Tes lèvres sur ma nuque fébrile et

blanche comme les pages

Que nous remplissions mutuellement,

À l'aide de notre plume commune

qui nous symbolise.

Comme ton bouquet, que j'aimais tant.

Maintenant le vent voyage

Et je le regarde t'emporter.

Le train défile sous mes yeux,

Je vois les aiguilles de l'horloge tourner

Comme ma langue quand elle s'emmêlait

à la tienne

Brûlant ainsi tous ceux qui oseraient

entraver notre baiser.

Appelle-moi.

Je t'en supplie.

Rien qu'une fois.

Juste une seule.

Tu me fais me sentir seul.

Pourtant, tueur de fleur,

Je n'ai plus envie que tu meurs…

Je t'aime.

Mais ce n'est pas grave, je vais juste

reprendre mes activités d'avant toi:

Parcourir mes veines avec mes doigts,

Faire avec mes amours une chaîne avec

Nos bras

Vers une vie plus sanguinaire.

Et les étoiles brilleront toujours aussi fort,

Moi aussi.

Je brillerai juste sans toi.

Tueur de fleurs.

Tu mêles ton âmes à mes peurs et

La rose se meurt.

Rouge comme le sang qui dégouline

de tes doigts.

Ô toi tueur de fleurs,

J'espère ne plus jamais te revoir.

Et pourtant je t'aime,

À toute à l'heure.

Désillusion

Je t'aurai.

J'en suis persuadé

Et je ne sais pas pourquoi.

Je t'aurai et on ne se lâchera pas.

Pourtant on ne se parle plus

Et c'est aucunement de notre faute.

Je t'aurai.

Je le sais,

C'est tout.

Je t'aurai,

Tu peux toujours courir, tu ne fuiras plus tes sentiments.

On dansera sous les lumières et on s'embrassera.

Je t'aurai mon cœur.

Je t'aurai,

Assurément.

Chemise Blanche

Un peu trop habillé,

La courbe de tes hanches.

Ce matin mon cœur s'est brisé

Avec une arme blanche.

Alors sous le soleil il danse,

Réveil des peurs.

Dans tes yeux je vois une transe,

« À toute à l'heure ! »

La nuit j'essaye de m'endormir,

Et tu es là, la lune.

Tu danses et ta chemise se retire

Ton cou sucré comme une prune.

Un serpent la déboutonne,

Avec ton inconscient.

Et derrière l'orage qui tonne

As-tu déjà demandé mon consentement ?

La chemise se tâche doucement de sang,

La peau est excessivement dévorée.

Cela fait longtemps que tu me mens

Et me voilà, ce soir, coincé.

Coincé dans tes bras,

Me coincer le visage dans les oreillers.

Où souvent je pleure tout bas

Et où mes cris deviennent muets.

Pourtant je t'aime,

Je ne sais pas pourquoi.

Toutes les graines à amours que tu sèmes

Amours qui, à jamais seront tes rois.

Tendresse

Qu’est-ce que le monde pourrait bien faire d’un amour si tendre?

Un amour que je t’ai offert et que ton cœur engendre.

Le ciel t’a retiré de mon existence en connaissant mon extase,

Aussi brûlant et angoissant que ta peau en paronomase.

Et je voulais t’aimer d’un amour inouï brûlant les sapphires

Sauf que toi, malgré tout ce que j’aurais pu t’offrir tu as préféré partir.

Alors je crie, ancré dans des murs hors de ta portée,

Coincé comme mon âme contre ton corps en cette soirée d’été.

Une étoile qui brille comme la flamme de tes yeux,

Signe au sang d’un amour trop malheureux.

Et je t’ai aimé quand tu me prenais dans tes bras chauds,

Quand ta voix de velours guérit tous mes maux.

Bien et Toi ?

"Bien et toi?"

Ça commence toujours comme ça.

Cette fameuse formule que tout le monde prononce.

Même si c'est faux…

Tu m'as sûrement déjà répondu la même chose.

Je te l'ai déjà dit.

Ce n'est pas pour rien qu'il faut nous

jeter dans l'oubli.

Alors on se met ensemble,

On rigole.

Comme des fous…

C'est pourquoi je ne ris que quand tu souris.

Bien et nous?

C'est toujours la même suite.

On se dispute, on s'engueule.

C'est ça la vie?

Alors on pleure,

On meurt doucement, à petit feu.

Oui, c'est ça la vie…

J'aurais souris si je l'avais cru.

Bien à toi…

Ça finit toujours comme ça.

Une lettre, huit pages à l'envolée lyrique.

Et le monde se tue.

Alors on attend patiemment…

On se tait pendant la nuit.

On flotte et laisse taper les fauves,

Nous deux, c'était fini.

Écrire l'Amour

J'écris beaucoup l'amour.

Ou l'image que j'ai de lui…

Des pages et des pages pleines de leurs prénoms,

À ces amours impunis.

L'amour devrait être un crime.

Il fait du mal,

Fait pleurer…

J'écris beaucoup l'amour.

J'arrive à le visualiser

À le voir devant moi.

Perfide, vaillant…

Avec sa démarche de traître

Et son cœur tranchant.

J'écrivais beaucoup l'amour

Je ne m'arrêtais plus.

Maintenant tout ce qui restait a disparu.

J'écrivais l'amour sans même le connaître.

Ne connaissant que la chair et les os,

Les baisers sans lendemain

D'inconnus aux malheureux desseins.

J'écris beaucoup l'amour parce que je pense beaucoup à toi,

Aussi.

Tu danses dans mon être avec ton monde,

Tu clignes des yeux,

Et j'écris.

Des pages et des pages entières.

Sur toi.

Juste toi.

J'écris beaucoup l'amour sans même savoir ce que c'est.

Le connaîtrais-je vraiment un jour?

Voilà une bonne question de posée.

Et j'écrirai encore l'amour,

Et toujours plus fortement.

J'apprendrai à digérer ton absence

Avec ou sans l'aide du temps.

Ton Manque

Ton manque est une chose horrible que je n'arrive à combler.

Je m'imagine t'embrasser alors que ça ne m'arrivais plus.

Je rêve encore de toi alors que je n'y croyais plus.

Ton manque est une chose horrible que je n'arrive à combler

Tant j'ai besoin de toi.

Toxique, je sais.

Mais je tiens beaucoup à toi.

Et mon corps te souris quand il pense à toi.

Ton manque est une chose horrible que je n'arrive à combler

Parce que je nous imagine danser, tous les deux,

Une fameuse soirée de début estival.

Clap de fin.

Arrêtons le scandale.

Aime moi comme tu te tais.

Ton manque est une chose horrible que je n'arrive à combler

Mais je ne te reverrai plus.

Toi et ton âme avaient officiellement disparu.

Et mon verre est vide

Ma cigarette éteinte.

Je pense toujours à toi,

Pour toujours et à jamais,

Et je ne saurai jamais pourquoi.

Parce que je n'y croyais plus.

Pourtant,

Le Regard qui Tue

Il fait froid et mes yeux me brûlent,

Il y a du brouillard,

C'est beau…

Mais ça ne guérit pas.

À vrai dire la seule chose qui peut me guérir c'est toi.

Je ne sais pas pourquoi.

Et tu m'empêches de fermer les yeux…

Par la présence des tiens,

Je m'empêche de vivre dans la réalité.

Parce que ton regard me tue.

Parce que tes yeux me tuent.

Tes mouvements me mènent au paradis,

Et assis,

Dans cette température presque mortuaire,

Tu me défies avec ce regard qui tue.

Mais il faut que je me reprenne,

Il faut qu'il y ait du sens à ma maladie que tu refuses de guérir.

Les saxophones sonnent dans mon oreille,

L'odeur de ta peau m'ensorcelle,

Et toi tu es debout,

Devant ton miroir à me scruter,

Plus rien n'est clair.

Mais j'ai besoin de la vérité que toi seul détient.

J'ai besoin de cette réalité.

Mais il faut que je sorte de cette bataille de la mort,

Il faut que j'arrête cette natation dans les eaux profondes du voile de tes yeux.

Il faut que ma tête me revienne,

Parce que…

Il fait froid et mes yeux me brûlent.

.. . .

Une pensée m'oblige à exploser mon crâne contre le sol.

Une vanité sanglante me déchire la couronne,

Et son bassin enivre mon âme de sa plénitude astrale.

Son corps s'étire sous la pluie sépulcrale,

Et mes yeux se déchirent à la vue de cette créature presque animale.

Une envie m'anime, sous-titrée par un désir rouge.

Rouge d'amour.

Comme nos cœurs entrelacés dans cette atmosphère délicieuse et valsante,

Comme dans un rêve où la vie peint un tableau mortuaire avec la pulpe de ses doigts,

Comme une dimension froide, gelée à souhait pour ravir les pingouins.

Mais n'oublie pas que tes formes que la fumée dessine m'ensorcellent.

Si tu veux me tuer, tue moi tout de suite,

Parce que…

.. . .

C'Est Fini

Ça y est c'est fini,

Je ne te reverrai plus.

J'aurais voulu m'abandonner à mon destin et me mettre entre tes mains mais…

Je ne te reverrai plus.

Dans ma rêverie taciturne tu m'embrassais.

Et ça paraissait tellement réel que mon âme disparaissait.

C'est des songes qui me sont restés en t'observant sous le froid d'un février ardent.

Car, emmurés dans l'existence,

Notre amour aurait été tranchant.

Monsieur le Héros

Je t'aime monsieur le héros,

Parce que tes ailes m'ont sauvé de cet enfer.

La vie sans toi étant dénuée de sens j'aimerais te prouver que je t'aime.

C'est comme ça que j'ai compris…

C'est comme ça que j'ai su t'appeler par ton vrai prénom.

Tu es un enfer.

Précipice dont tu me sauves, monsieur le héros,

Une tragédie pleine de tes ronces, monsieur le héros.

J'aurais aimé, à jamais… être au contact de ta peau.

Unilatéralité

Que me veux-tu?

Quand tu me regardes,

Avec tes yeux bleus,

Je me demande ce qui s'est passé.

Je fantasme.

Je rêve.

Mon cerveau bat.

Il imagine des histoires qui portent ton nom.

Il imagine des amours qui auraient pu durer.

Mais pourquoi ne suis-je pas l'objet de tes fantasmes?

Pourquoi ne suis-je pas ce dont ton cerveau rêve?

Il y a une froideur entre nous.

Une température que je déteste de toute ma chair.

De toutes les images qui s'enchaînent dans ma tête.

Une image de toi, me plaît particulièrement.

Tu es sur le dos, allongée.

La peau pâle et les cheveux bouclés.

Ton corps étiré par les efforts physiques que font ton cœur.

Efforts que je te cause par les mouvements de ma langue sur ton bas.

Je fais couler le sang plus vite dans tes veines,

Je te fais respirer,

Je te fais crier,

Je te fais m'en demander plus.

Toujours plus.

Et tu empailles mon cou avec tes soupirs bruyants.

Dans mes rêves,

C'est moi qui te maintient en vie.

Dans mes fantasmes,

Ton corps tourbillonne entre mes jambes.

Et tu aimes ça, je le vois.

Tu l'aurais aimé je le sais.

Mais comment être un bon garçon pour toi?

Un garçon qui n'enchaîne pas les conquêtes et qui ne parade pas les lèvres des autres?

Il faut que je me mette à genoux?

Sans souci, tout de suite.

Il faut que je pleure?

C'est déjà fait.

Il faut que je meurs?

Je le ferais pour toi.

Je suis prêt à mourir de toute façon.

Mais quoi de mieux que de mourir pendant l'orgasme?

Quoi de mieux que de mourir lentement dans tes bras?

Avec plusieurs substances qui coulent:

Les larmes à travers tes yeux, desquels mon reflet me semblait beau, et le sang de mes bras.

Si tu sautes je saute.

Si tu le veux je le veux.

Et ce n'est pas du désespoir.

C'est encore plus profond.

Encore plus grave.

C'est une maladie que j'essaye de vomir.

De sortir de mes tripes par la force.

C'est un virus intensément foudroyant, addictif, hypnotisant…

C'est l'amour.

Cette maladie qui me ruine depuis que le vent souffle.

Est-ce que tu sais si, au jour de la fin du monde, les fantasmes se réalisent?

Avant que la météorite ne nous tombe dessus et nous écrase.

Tu sais si tu seras capable de me rendre ne serait-ce que la moitié des sentiments que je t'ai donné?

L'orage tire doucement les larmes de mes yeux.

Tout pour toi.

Toi pour tout.

Je te ferai de jolis ciels promis mon amour.

Je dirai à la lune de te saluer mon amour.

Mon amour…

Hyperbole un peu trop exagérée non?

De là à t'appeler mon amour.

Mes verres se vident au fur et à mesure que ton corps reste coincé dans ma rétine.

Je veux que mes fantasmes deviennent des souvenirs.

Parce Que

Je t'aime.

Pourquoi?

Je me pose souvent cette question.

Pour tout souvent,

À jamais.

Pourtant quand je te regarde,

Le pourquoi s'envole et me mène à sa réponse:

Parce que

Quand je te regarde, je tremble.

Parce que

Quand je te touche mon cœur se tord.

Parce que

Quand j'entends ta voix je fonds.

Parce que

Nos chants se décomposent en mille milliards de morceaux.

Le pourquoi n'est plus important lorsqu'il s'agit de toi.

Il suffit de comprendre le fait que tu m'embrases quand je t'embrasse.

Le pourquoi disparaît et se décompose,

Lentement.

Parce que quand le vent commence à se mouvoir et que la nuit devient mauve,

Je sais que tout ce que tu veux

C'est que nous nous transformions en fauves.

Pourquoi?

Je ne sais pas.

Je ne l'ai jamais su.

Tout ce que je sais

C'est que…

Cherries

Lit cigarette on the dirty outside floor

My hand's hurting

But certainly not from the burning.

Taste of cherries

On a cool summer night of July

I still can't believe you are mine.

I don't wanna be yours

Even though your belly smells like cherries.

My dark red shoes on the broken floor the cars are riding faster and faster

As the time passes by…

I'm falling for you,

That I'm sure.

But I don't wanna be yours

And yet I still cannot believe you're mine.

I'm a player and I haven't been raised that way.

They say love should not be rehearsed but I disagree right away.

How's your first love supposed to work out just fine?

Am I alive?

Yes, that I'm sure.

In front of the dirty floor I look like cherries to your eyes.

Are you even mine?

I'm sure.

Am I?

I don't wanna be yours until I'm sure you are mine.

By the Window

Smoking a cigarette

Cloudy night sky,

Slowly by the window.

The stars cannot be seen but I have found one,

Or maybe it's Jupiter because of its bright shining.

It's crazy how it looks like you.

I cannot stop thinking about you…

Hotline (edit) - Billie Eilish.

Smoking a cigarette,

Slowly by the window

Your blue eyes just mesmerize me.

Hypnotise me.

I wish I could kiss you…

I'm rising in love with you,

And I cannot let you go.

You've fallen into my life

Like Lucifer has fallen on earth.

I wish you could be here

With me,

Right beside me

And I cannot stop

Just thinking about how you set me free,

From all the pain I've been experiencing.

The wind is on my face,

The cigarette butt's burning my fingers,

Slowly by the window.

I can't see the stars because of the clouds but I know they look like you.

How great of a night is this?

Thinking about you,

Smoking a cigarette,

Slowly by the window.

Wanna Love ?

I can hear it in your voice and see it in your eyes.

Didn't want to tell you that I could see it for so long.

I dove into you,

Overdosing on a desire that's beyond compare.

Flaming skin and brown hair

Dancing together under the rain while I'm crying.

I can see that you want me too.

And I understand how easily you took my heart with your eyes of chestnuts, reminding me of this winter in which we met.

Wanna love?

Cinéma

Toi, vaste flacon d'étoiles intact,

N'arrêtes pas de me briser, doucement…

Tu brilles, tes yeux verts

Décapitent les minuits que nous voyons passer,

Nous pourrions fuir

Et détruire la réalité.

Nous plonger dans des images,

Montées comme dans un film,

Et jouer à ce jeu perfide

« Jouer la comédie »,

Montrer un personnage…

J'écrirai le scénario

Pour me permettre d'enfin pouvoir

t'embrasser…

Je suis sûr que nous les ferions pleurer…

Tous, un par un…

Au volant de la décapotable…

Noir et blanc.

Nous sommes peints sur un drap tant la

réalité ne nous réussit pas…

Je te jure qu'on serait de grands acteurs

On gagnerait des oscars !

Suis ce que le scénario dit,

Embrasse-moi !

Tu n'as rien à perdre.

Sinon le public déchirera le drap

Et les méchants vont nous tuer

Avec leurs revolvers aussi brillants que

tes yeux pleins d'étoiles…

Mon flacon…

Puis-je te séduire sans fausseté ?

Puis-je te faire m'aimer sans fausser

la fin du film ?

Puis-je faire de toi mon

amour de jeunesse ?

Dépourvu de toute sagesse…

La décapotable roule beaucoup plus vite,

C'est moi qui la conduit maintenant.

On fonce, on fuit, on se garera

Dans les étoiles et on admirera la lune…

On est des stars maintenant.

Tu m'as tué.

Je me suis tué pour toi.

Mon flacon d'étoiles…

Je ne joue qu'un rôle à présent.

Je ne suis plus qui j'étais mon ange,

Mon étoile,

Ma lune.

Je ne suis qu'un personnage

écrit en fonction de ce que tu voulais…

Pour que, enfin, tu puisses m'aimer.

Mais les étoiles finissent toujours par se

dissoudre dans le noir du ciel.

L'extinction de l'ecran.

Canned Coke

I have fallen,

Not in love

But in pain.

Kissing on the sidewalk

On their weed smoking break.

I'm sipping on a canned coke,

Wanting to die.

But as those sorrowful thoughts get through my mind there is only one thing that I remember of.

The love they gave me

On our weed smoking break.

I did this all by myself…

Got high sipping canned coke

Wanting to fall asleep forever,

In a second hand four walls coffin.

I kind of wanna live too

But life's too hard.

Escaping reality's too expensive to let anything get on my way.

The process of breathing begins to get harder and harder

And by the time the joint ends

I'll be in the multiverse forever.

Or I think it is for forever.

The canned coke starts tasting better and better

I wanna fall in love.

Learn how to cope with the darkness of teenage life,

Under the pressure of grades and eventually making my parents proud.

I have failed that.

I know I have.

And I nailed on being a full time disappointment apparently.

Chugging canned coke

On the open road.

Is it ride or die?

Smoking another joint

Crying under the moonlight.

I have failed.

And there is nothing on earth that is more hurtful than that.

Except maybe chugging canned coke,

And forever join the sky.

Fleur Bleue

On se donne rendez-vous,

Ta peau froide sur mon cou,

Le goudron s'étale

Tu me brûles sans me faire mal.

Et puis tout tourne et tout virevolte dans l'univers

Il est interdit de se plonger dans tes yeux verts.

Lueur de métal,

Froide comme la glace,

Les cœurs s'enlacent

Et le temps passe.

Je suis fleur bleue,

Cerveaux malheureux,

Les rails de train vrillent vers l'insomnie,

Les immeubles chantent et décapitent la nuit.

Le sang s'enfonce et glisse vers les statues grises.

Même l'amour ne peut pas suffire.

Tu me fais attraper froid,

Ta main me longe le corps,

Tu me frôles et tu as peur de l'existence,

Onze heures sans respirer ça n'a pas de sens.

Et c'est ainsi que je te regarde,

Triangle isocèle.

Peau blanche et cheveux noirs,

Nuit étoilée et profondément belle.

Je t'ai toujours voulu,

Les lèvres en vue,

Et puis tu t'en vas

Les horloges me coupent les bras

Et « nous » est sublime,

Comme une fleur bleue.

Queria amarte, te negabas mientos,

Te qui habas el aliento.

Être une fleur bleue qui n'a plus de larmes cachées dans les yeux.

L'Orange et le Blanc

Ma peau sur ta peau

Vivons ce joli moment à deux,

Perdus sur le bateau

Je te regarde, tes cellules sont en feu

Et l'orage doux voltige

Au centre du mirage

Où nos yeux se perdent dans le vertige,

Arrêtons d'être sages

Et dormons sur le sol de nos ventres

Où, peau contre peau,

Nous dansons sur le centre

De nos âmes jolies.

Sauterons-nous du quai?

Non, nous resterons polis.

Sauf lorsqu'il s'agit du toucher entre

l'orange et le blanc.

Un contact éternel dans l'espace et le temps.

Le Bon Vouloir

La peau blanche de tes doigts violets,

Qui, quand je m'en approche, me font sursauter.

Parce que la lune m'a interdit de les regarder.

Mais j'adore les regarder…

J'adore te regarder…

Tes yeux marrons aussi doux que des nuages et ton sourire qui me pousse à être sage.

Quand ma peau fond sur la tienne et que mon cœur se retrouve noué,

Comme un noeud de l'équipage marin qui arbore les océans et détruit les rois mages,

Je sens mon ventre se retourner.

J'aime tes lèvres, roses comme les roses au printemps sous la pluie,

Et ta senteur qui grâce à ta peau sent l'odeur de la nuit.

Il suffit d'un battement de cil pour succomber face à l'irréel.

Il suffit d'un souffle et tes lèvres sont sur les miennes.

Cœur à cœur d'abord,

Puis corps à corps.

Cadavre Mort

Perdu… au milieu des nuées,

Coincé dans mon linceul je prie la terre de m'excuser pour tout ce mal que j'ai causé.

Pur. Blanc.

Le drap rougit doucement à cause du sang qui coule, lentement…

Est-ce moi ou ma vertu ?

Mon petit corps tout frêle, tout doux, dont la peau se voit peu vêtue.

Allongé sur le métal froid de ce lit face aux étoiles filantes, je demeure, incapable d'aimer, priant le firmament.

Pourquoi face à tout ça je réside immobile,

Comme un cadavre mort dont le joli petit cœur a été touché dans le mille…

Par nul autre que toi.

La couronne est lourde, c'était celle d'un roi, maintenant je sais que j'ai perdu la foi

Et que je suis incapable d'aimer.

C'est fini, mes émotions se sont enfermées sous le noir de l'été.

Pourchassé, couru, voulu, battu, parlé, relancé. Tous ces participes passés conjugués
au passé composé

Je les ai commis, tous ces crimes,

Tes yeux sont aussi vides que ceux d'un mime et mon corps se bat, infime.

Je vois flou… j'ai disparu.

La grande porte à l'arrivée de l'escalier j'ai vu se refermer, c'est ce que j'ai voulu.

Comme un cadavre mort finalement insensible mon amour ne te fut transmissible.
L'histoire est impossible.

Peau Lisse

- Regarde le ciel!

Il tire.

- Il est super beau le ciel!

Elle tire, à son tour.

- Est-ce que j'ai l'air défoncé?

Ils se regardent, ils sourient.

- Je pense qu'on a tous les deux l'air défoncés…

Les deux âmes rigolent à plein poumons et se dévorent mutuellement les yeux.

- Quoi?
- Toi.
- T'as dis quoi?
- J'ai dis toi.

Et il la prend pour l'embrasser. Une osmose les prend. Ils s'aiment. Ça se voit. Leurs corps se mêlent. Ils sortent leurs ailes.

- Feu?
- Oui, Eau?
- Je suis censée t'éteindre.
- Mais tu m'aimes trop pour ça…
- Oui…
- Pourtant je ne fais que détruire.
- Mais j'aime tout ce qui détruit.
- Je pourrais te brûler la peau.
- Elle en deviendrait lisse.
- Et j'embrasserai ta peau lisse.
- Peau l…

Feu se désintègre en touchant Eau. En essayant de la caresser. Feu est mort.

- Je l'aimais pourtant, il allumait mes joints. Éteignait mes craintes. J'aimais Feu mais je l'ai tué. Je ne sais pas comment. Je n'ai plus rien à faire… C'est à moi de mourir maintenant.

Eau s'expose au soleil de juin et s'évapore. La vitre d'une fenêtre de maison reflétait un rayon du soleil contre le gazon brûlant. Feu revient à la vie et voit Eau déjà morte.

Apart

Our knees are a few inches apart and my heart is racing.

I haven't seen you in a long time and my soul keeps hurting.

Why does this have to be so complicated?

Do you even like me?

Or do our bodies need to be apart and leave me frustrated?

Our knees are a few inches apart,

I wanted to see you.

I couldn't wait from the second I knew I was going to.

Do you even like my kind?

If you do,

Can we please, only if you want to,

Have a little adventure, full of kisses, in the darkness of the night?

Make it over,

Load on my belly,

Make me yell, I fucking want you to.

Please,

If you like my kind,

Don't hide it.

Make us feel what nights are made for.

Our knees are a few inches apart,

But that means so much more.

Home

I want you to be home.

And by that I do not mean that I want your arms to be my home,

I want you to come back.

Come back to what we were,

Where we were…

I wanna be taken back to this feeling of butterflies in my stomach,

I wanna go back to that day where I read your first ever text.

I want you to be home.

Where you should be…

Not locked up in my memories where we danced under the sheets.

I want you to be home…

That's the only wish on my ending august Christmas list,

The only thing I pray for.

I want you to be home,

In a fictive way.

Because obviously you never were, home.

12:12

On m'a souvent posé une question que je ne vous révélerai pas maintenant.

Des images collées dans mon âme dans lesquelles tu me dévorais le visage,

Des rêves où rien n'était clair.

Des images où ton dos se courbait doucement,

Des images où je peignais tes clavicules en rouge sang.

Je tremble à chaque vibration de mon téléphone.

Est-ce que c'est toi?

Est-ce que j'ai enfin eu une réponse à ma question?

Est-ce que enfin ma quête perpétuelle s'est achevée?

On me pose tout le temps une question qui sonne un peu comme un éclair à mes tympans.

Ramène moi à ce soir là,

Ramène moi à cette vie là,

Fais moi danser,

Sans avoir bu cette fois.

Je veux que tu me le dises si je ne suis qu'un jeu pour toi…

Un Monopoly où l'argent ne compte pas.

Tu n'es pas ça pour moi.

Tu représentes bien plus…

Déjà.

À cet horaire précis,

12:12 de la nuit,

Mes yeux se ferment et se languissent de ta présence.

Mais te languis-tu de la mienne ?

Non,

Je ne pense pas.

Elle Est l'Autre

C'est donc elle que tu as voulu…

Avec sa peau brune et ses cheveux bouclés, blonds par endroits mais marrons comme tes yeux.

C'est donc elle qui t'enchantait,

Avec son grain de voix juste et déchiffrable que tout le monde a l'air d'admirer.

C'est donc son corps que tu as voulu,

Plein de courbes comme les lettres que je t'écris,

Comme les larmes que je te crie.

Mais moi c'est toi que je veux et tu l'as sûrement compris…

Je te l'ai même dit.

Elle m'a parlé de toi tu sais?

Je croyais qu'elle nous trouvait beaux,

Et que vous n'étiez qu'amis…

Pourtant elle m'a dit que tu savais qu'elle nous avait vus,

Et maintenant je sais que c'est toi qu'elle aime

Et que c'est elle que tu aimes.

Ou que tu as aimé.

Je ne sais pas.

Mais au fond de moi j'espère très fort,

Que le passé vous a emportés et que l'avenir c'est nous.

Sauf que de mon corps tu as peur,

De moi tu as peur,

Et ton démon tu n'oses combattre.

Attache ta ceinture,

C'est l'heure d'un voyage.

Soit le début de nous,

Soit la fin d'un commencement qui s'est joué du destin.

En tout cas, tu le sais maintenant.

C'est toi que je veux.

Et je ne veux pas que tu veuilles d'elle.

Je pourrais t'aimer encore plus fort qu'elle ne puisse imaginer aimer quelqu'un.

Je pourrais ensevelir la définition de l'amour et nous créer la nôtre.

S'il te plaît écoute moi et regarde moi.

Écrivons notre histoire jusqu'à ce que tous les stylos du monde n'aient plus d'encre.

Et c'est là qu'on le saura,

De cœur vraiment,

Si nous étions prêts à nous aimer;

À âme contre sang.

Clothes

As her clothes hit the floor the atmosphere keeps getting hotter and hotter,

She's just sat on the bed waiting for him to show he's longingly bragged superpower.

« Somebody's getting prettier » he said without a single stutter.

Now's time for her to give her body to her lover.

What a lovely story!

A simply romantic under the sheets agony.

The entire world's watching them dance with each other as in a spectacle,

And she was so naive she desperately hoped for a miracle.

Some Christmas style magic,

But his tongue has already started to lick.

Her body's no longer hers anyway,

But all she has ever wanted was to push him away.

He was a monster and she was his princess,

They even used to hold hand at recess.

But now what?

She's staring at him moaning like some brat.

She deeply feels the emptiness of the soul that her body never fails to amuse,

Whilst all he was doing was exercising his abuse.

There is no love, no affection,

He grew up with a nicotine and a porn addiction.

Kissing him smelled like a cigarette

And she was still dreaming of that bachelorette.

Now all her dreams are gone, he was high,

All he's ever done was looking down her thigh.

Is that what love is nowadays?

Every night she cries, as she lays.

But she didn't want to,

It was that time of the month and she didn't trust you.

She was promised another kind of love

But it eventually flew away like a dove.

He used to call her princess now she's just his whore,

Her unmoving body's like a dead corpse by the shore.

Now she's scared every time he knocks at her door,

Because she knows that once again, her clothes are gonna hit the floor.

Besoin

Je regarde des photos de toi, des larmes dans les yeux, pour la énième fois.

J'ai perdu un trésor, la perle qu'un pirate aurait fait tomber au fin fond du bleu de tes yeux,

Ton voile oculaire démontre cette douleur,

Profondeur, nue, du sang sur les mains.

La nuit juste avant les forêts, coeur tout froid, le vert du vent montre les horreurs de la blancheur de ta peau

Empoisonnée,

Vivante,

Embrasser, s'embrasser, nous embrasser,

Enlacée,

Ta peau toxique

Dans mon échine,

Tu commentes les battements de mon cœur,

Nos deux corps, pleins de sueur qui dégouline…

Cœur tout froid,

J'éprouve ce besoin de t'avoir dans mes bras.

Cœur tout froid,

C'est ta présence que je veux, sans lois.

Le Tourbillon

J'en ai marre d'être amoureux de l'amour,

Marre de moi-même et de ma tête qui,

Passe ses journées à se trimballer avec des

images irréelles d'un rêve tant voulu.

J'en ai marre d'attendre, qu'il vienne à moi,

tranquillement, pas à pas,

sans même que je sache ce à quoi il ressemble…

Sacré amour !

J'en ai marre de voir,

derrière mon écran,

les gens qui m'écrivent espérant une réponse alors que je vois ce profond désespoir dégouliner de leur front.

Il fait des fautes d'orthographe…

Sacré amour !

J'en ai marre de voir tous ces visages défiler,

Tous ces prénoms, sans cesse

Tous aussi bizarres les uns que les autres et,

encore une fois,

je n'ai même pas eu le droit de les entendre au creux de mon oreille, je n'ai fait que les lire…

Peinture blanche sur des pixels.

J'en ai marre d'attendre mon fantasme arriver,

au galop, mon amour, le vrai,

Je veux entendre ses pas,

Sans qu'il ne s'arrête,

J'en ai marre de l'attendre et de donner des chances à

tous les inconnus qui se présentent,

espérant, non sans désillusion

Qu'il en fait partie, mon très cher amour.

Le désespoir, c'est lassant.

Je veux le voir arriver à son tour,

Mon prince charmant.

Flétrissure

Excuse moi chère Marie,

J'ai commis un péché…

Excuse moi chère Marie,

Lui et moi nous sommes touchés…

Son corps m'embrouille

Et ses flammes me hantent.

Marie explique moi,

Je suis à terre,

Les veines en feu,

Ton ciel devrait me punir,

Me donner ce que je mérite.

Mais regarde son corps,

Regarde le danser,

Regarde son dos lentement se courber,

Observe-le me séduire…

Avec ses yeux de braise suave.

Je n'ai pas le droit de l'aimer,

Je le sais.

Je veux être la vermine qui le mangera de baisers.

Marie pardonne moi d'être tombé pour les courbes de son corps transpirant de mes coups de reins.

Excuse moi chère Marie,

J'ai commis un crime…

Pardonne moi d'être tombé pour une flamme de l'enfer,

Bien que je ne puisse l'aimer

Son effet sur mon corps me fait ressentir l'agréable de l'enfer.

Mon âme fut pure, autrefois, avant lui,

Maintenant ses dents se coincent entre mes lèvres

Et ses cheveux denses et insolents me hantent l'âme et me flétrissent.

Marie pour les larmes de Dieu sauve moi,

Protège moi de ce démon,

De ce Lucifer qui m'a fait perdre toute foi.

Il danse comme une flamme…

Fait qu'il entre en moi et m'empoisonne.

Les cloches de l'église m'assourdissent

Et leur chant m'appelle à prier.

Quand mon dos se courbe je ressens tout comme pour la première fois.

Obscène et impur

Mon corps hurle la douleur de son manque.

Marie pardonne moi.

Pardonne moi ce péché qui me fit perdre mon âme et mon appartenance au Ciel.

Mais pardonne moi aussi de ne pas vouloir te revenir avec des glaïeuls,

Parce que maintenant il est à moi et à moi seul…

Tremblement

On m'a dit une fois que,

Si un jour mon corps se sentait mal,

C'est parce qu'on l'a déshabillé.

On m'a expliqué que je n'étais qu'un objet

Pour les garçons qui me scrutaient,

Mon cœur n'aurait pas dû s'en mêler.

Le chandelier abritant cette flamme

A totalement fondu.

Il s'est éteint, lentement,

Et la tempête ne s'est jamais calmée.

Mon ventre en feu ne savait pas que

Ces cicatrices, profondes,

Morfondues dans mon essence,

Ne voulaient que dire que, mon corps

N'était qu'une poupée en plastique

Même pas vaccinée…

On m'a dit un jour que le soleil

ne se lèvera pas cette fois.

Que demain, quand ses mains

empoisonneront mon ventre encore une fois

ce n'est que pour que je comprenne

Que ça s'est fini, encore une fois.

Quand sa peau sera sur la

chaleur de la mienne et que ses odeurs,

Ses courbes, son visage seront sous ma rétine,

j'aurais beau avoir compris,

Jamais je ne pourrai le laisser partir.

Alors mon corps tremble entre ses bras

quand il fait nuit,

Quand il utilise sa clé pour ouvrir la porte

Et que la lune surveille nos âmes fines.

Mon corps se meurt quand il m'embrasse tendrement,

longtemps,

Et que je ne vois plus le temps passer.

Mon âme s'envole et tourbillonne.

Comme une toupie.

Aujourd'hui le soleil ne se lèvera pas.

Il fait si froid.

Je tremble sans cesse.

Alors pour me réchauffer,

je lui ai pris sa clé,

Je l'ai poussé de l'autre côté du seuil et j'ai fermé la porte.

En me retournant,

Je me suis trouvé ébloui soudainement:

Ça y est, le soleil s'est levé.

Forêt

À travers les feuilles des arbres verts

Jaunes sont mes lèvres

Malades, vivantes et mon cœur ouvert

Attends que me tu chuchotes tes mièvres

La forêt est dense et vierge dans la nuit

La danse du monde me refait le corps,

Rance et putride et ma peau luit

Quand nos cris nocturnes sont forts.

La bougie allumée brûle la Voie lactée

Et ce soir, au coucher du soleil je mourais

Tremblants quand le vent attristé

Me caressait les cheveux touchés

Par tes doigts qui sentent le fait

Que, hier, nous dansions dans les forêts.

Lit Sang

Quand la vermine se dépose sur vos bras

et que votre corps s'alourdit tendrement,

J'arrive à vous entendre hurler tout bas

Des secrets délivrés au firmament.

Quand l'on croise le regard de vos miasmes

et que l'on chuchote des cris de colère aux étoiles,

on se peint les os

Et on pleure le sang qui s'étale sur le drap.

Un vœu ainsi fait à genoux sur votre lit en sang,

je voulais vous remercier d'oublier le temps.

De m'avoir offert vos lèvres,

L'apocalypse d'un doux baiser dansant.

Votre chevelure enflammée

comme une cheminée en plein soir de décembre,

je vous regarde des larmes dans les yeux,

Puissions-nous enfin être heureux…

Je vous déclare ma flamme

et accorde une distance avant de

me permettre de vous embrasser.

Avant que votre lit soit en sang, regardez-nous danser.

Mes poignets accrochés à vos bras je vis enfin,

je vous vis enfin.

Cela aura coûté l'enfer,

et bien plus encore…

Mes dents entre vos lèvres,

Votre corps inerte,

Le ventre gargouillant,

La crasse enivrante,

Le monde tourne et mes joues sont

inondée à la vue de votre état.

Je vous aime, et je vous aimerai toute ma vie,

en voilà le résultat.

La Douceur d'un Souvenir

J'arrive encore à écouter ta voix

Douce, encore chaude,

Soupirer encore une fois.

Je te traque encore dans mes rêves,

Lentement ensevelis

Par mes songes où notre lune luit.

Je me souviens encore du sentiment

que j'ai ressenti quand

tu m'as pris dans tes bras,

Tendrement,

Comme dans un cauchemar où l'utopie de mon âme

s'effondre devant ta gloire.

Quand ton cœur battait toujours contre

ma poitrine et que soudain,

Je fonde comme la glace qui s'étire

Et ton corps contre mon cœur

Tremblant, toujours,

Réchauffe chaque cellule de mes lèvres

Sur ton cou.

J'arrive, encore,

À sentir chaque odeur de ta peau…

Même si tu ne me restes qu'un souvenir

Que les anges qui nous mirent

Brisent avec la réalité

Que tu n'acceptes pas

Encore,

Souffrant des autres et de leurs regards.

Même si je me vois encore te toucher

les épaules,

Ta main chaude caressant la mienne.

Et quand l'aube se lève et que je respire

Je ne peux lutter contre

l'effet de ton sourire,

Celui que tu m'adresses,

Une cigarette aux lèvres

Toute la fumée qu'on aurait pu s'échanger.

Je suis pris dans ce tourbillon,

Comme à chaque fois.

Pour toujours j'aurai l'impression

D'enfreindre tes lois.

Et c'est comme ça que je me rappelle,

Jours après jours, constamment.

De ce que ta peau m'a un jour fait,

En un seul jour.

Que je ne repeins que quand tu me mens.

Il n'y a que quand j'ai les yeux fermés que

j'arrive à te voir,

Aveuglement.

Qu'y a-t-il de pire que la douceur

d'un souvenir?

Rien. Assurément.

Comme les Châtaignes de Décembre

J'ai envie d'embrasser une fille.

Une fille brune aux yeux marrons, comme les châtaignes de décembre,

Une fille à qui l'on peut tout dire rien qu'avec les yeux.

J'ai envie d'embrasser une fille dont le cœur bat fort,

Tellement fort que mon propre cœur suit le rythme du siens à la rencontre de nos lèvres.

J'ai envie d'embrasser une fille, folle comme le vent qui embarque ses lunettes quasiment toutes rondes.

J'ai envie d'embrasser une fille que j'ai vu, et pas dans une dimension d'onirisme absolu,

Mais bien dans la réalité qui pousse à salir du papier.

J'ai envie d'embrasser cette fille là bas, assise dans ma tête à regarder les étoiles.

Et je l'aime cette fille,

Un peu trop d'ailleurs…

Alors je l'embrasse et nos joues s'embrasent.

J'ai embrassé une fille aux yeux marrons comme les châtaignes de décembre.

Elle Ressemble à sa Mère

Elle ressemble à sa mère.

C'est un fait indéniable qui me fait doucement sourire. Elle est belle sa mère. Elle a les yeux bleus, un cou blanc et des mains aussi jolies de des diamants. Elle a l'air encore toute jeune malgré les années qui passaient, elle a la mâchoire aiguisée, la chevelure blonde comme un champ de blé et les lèvres fines mais rosées comme un lever de soleil. Elle est magnifique, sa mère. Aussi belle que les reines dansantes dans leurs palais pendant les années folles. Sa mère a l'air pur, bien qu'elle ait déjà perdu son innocence depuis bien longtemps, son visage dégage quelque chose d'Angélique, qui propulse les esprits vers le ciel violacé qui emprisonne les nuages. Elle avait hérité de cet air angélique. Elle a la même couleur de peau, aussi blanche que la neige dans les stations de ski en décembre, elle avait les mêmes yeux, aussi bleus que l'océan atlantique, elle avait les mêmes mains, aussi délicates que l'aile d'une colombe, elle avait le même cou… qui se tord au contact de mon souffle ou qui tremble dès que je m'approche. Elle ressemble à sa mère. C'est un fait indéniable qui fait taire les orages. Qui dessine des sourire sur leur visages. Un fait qui me charme tout comme ses pâles yeux d'orage. Elle ressemble à sa mère tout le temps. Mais elle ressemble à la mienne quand elle me prend dans ses bras, quand elle nettoie mes larmes avec la pulpe de ses doigts. Elle a le don du ciel d'être rassurante pour ceux qu'elle aime. Et mes maux ont tendance à disparaître à la seconde où ses jolis doigts me frôlent le ventre. Voilà pourquoi la douceur est si importante. Voilà pourquoi la tendresse est le plus beau cadeau des anges. Parce qu'elles lui permettent de ressembler à la personne la plus douce de l'univers. Elles lui permettent de ressembler à sa mère.

Inexistence

Je t'ai aimé si fort jusqu'à découvrir le fait que tu n'existes pas.

Les Lettres Jamais Envoyées

Retour

Salut toi, j'espère que tu vas bien.

Je sais qu'il te paraît super bizarre de voir un long pavé de moi maintenant, après plus d'un an… Mais j'ai ce besoin irrépressible de te dire ce que j'ai à te dire. Ça fait plus d'un an… Sans se parler ni se follow sur Insta… Plus d'un an après que tu m'aies dit que tu préférais rester amis alors que je voulais qu'on se revoie… Mais ce soir, après plusieurs nuits et journées où tu ne sortais pas de ma tête, j'ai ressenti le besoin de t'écrire. Et en tapant ces mots là dans les notes de mon téléphone je ne sais toujours pas si je te les enverrai; mais ce sera sûrement le cas. J'avais juste envie que tu saches que tu vis dans ma tête depuis juin. Depuis que ça fait un an. Et je ne sais vraiment pas pourquoi. J'ai regardé ta photo de profil il y a une semaine… t'es toujours aussi beau avec tes yeux verts olive et ton air doux qui m'a charmé dès les premiers messages. C'est super drôle de se dire que ça fait déjà plus d'un an. Et tu m'as marqué, je ne sais pas comment.

Pourtant il ne s'est absolument rien passé entre nous. On s'est vus deux fois. Et j'ai eu plusieurs aventures similaires avec d'autres jolis garçons depuis mais elles n'ont jamais eu la même saveur qu'avec toi.

Honnêtement, ce message n'a absolument aucun sens, je suis désolé. Je ne sais pas si j'attends une réponse… Mais il serait mentir de te dire que je n'en veux pas. En fait je ne sais pas. Reprendre les choses est impossible maintenant et je ne sais pas si c'est ce que je veux. J'ai juste ce besoin inexplicable de t'écrire tout ce bordel de pensées incompréhensibles.

J'ai même écrit une chanson sur toi d'ailleurs. T'as de la chance, c'est des poèmes normalement… Je l'ai écrite le soir où t'as tout arrêté. Et c'est bizarre, je sais. Un garçon avec qui tu ne veux rien qui t'écris une chanson? Cringe non?

Je m'en suis juste voulu d'y avoir autant cru.

Et pour être totalement honnête avec toi je me rappelle de tout ce qu'on a vécu. Notre marche dans Paris jusqu'à 2 heures du matin, de Montmartre aux champs Élysée, où on a chanté la chanson sous cette belle nuit d'été. Le métro du retour où j'ai eu le courage de t'embrasser sur la joue au moment de ton départ… de ton dernier départ…

Ton discours sur ta passion pour l'informatique, le McDo, le BK, le parc, la galère dans le métro pour aller à la pride… Je me rappelle de tout. Mais je ne comprends rien. Mais alors rien du tout.

Je ne sais ni pourquoi, ni comment tout ça s'est produit. Du premier rendez-vous en face de la bibliothèque à la fin derrière mon écran à m'arracher la tête. Rien n'a de sens pour moi.

Après réflexion je me suis vite rendu compte que je ne savais juste pas comment m´y prendre avec l'amour. J'étais jeune et stupide à essayer de me vendre pour obtenir ton cœur et ce n'est en aucun cas la manière avec laquelle tout ça fonctionne.

Mais honnêtement, j'espère juste que tu vas bien. Que t'as trouvé le copain de tes rêves, ou la copine… On ne sait jamais ce que le temps peut faire.

Mais en tout cas, même si ce message n'est pas dans tes DM je suis content de te l'avoir écrit. Si par contre il t'est envoyé, bah tant mieux, au moins je t'aurais tout dit.

Désolé d'ailleurs de t'avoir infligé ce roman

Et merci si tu l'as lu jusqu'à sa fin.

À toi et à ton affection seulement,

Alec

Amour Secret

Cher toi,

Encore une fois, une lettre. Mais celle-là n'est pas comme celles des autres. Elle est différente, elle est pour toi. Je ne sais pas comment te l'écrire à vrai dire, je ne sais même pas si je devrais, mais la peur me prend de court et je cours en pensant constamment à toi et à ce qui aurait pu se passer si tu aimais les garçons. Alors j'écris, sans m'arrêter, en partie pour toi. Jusqu'à ce que le monde arrête de tourner.

Et je sais, je sais je suis idiot. Totalement stupide d'avoir pensé te tenir dans la paume de mes mains ne serait-ce qu'une seule seconde. Parce que je ne t'ai jamais eu, et je t'aurai sûrement jamais. Et c'est une vraie cicatrice parce que… même si on a rien vécu en soit, les blagues, la complicité, les verres en terrasse, le skate park… tout ça reste gravé comme un fossile à sa pierre. Alors encore une fois, j'écris tout ça. Non pas pour te le faire lire mais parce que j'en ai besoin viscéralement. Et je pense que si c'est mis quelque part sur papier, tu mérites peut-être de savoir… toi aussi. Alors voilà.

Tu ne peux même pas imaginer le nombre de fois où je t'ai scruté. En entier. De la pointe de l'ongle de chacun de tes orteils à ton dernier cheveux. Tu ne peux pas savoir combien je t'ai regardé. Des heures et des heures, et tout me suffisait. Ton pied enrobé par une chaussette blanche qui dépasse de ton lit et est visible du lit en dessous, et moi, défoncé, et redessine chacune des courbes de ton pied avec mes pensées. Tu ne réaliseras jamais comment je recréais constamment la couleur de tes yeux, leur profondeur, le tout dans ma tête. Volant les pigments du prisme totalement impuissant face à ton rire. Tu mérites de savoir tout ça. Mais il

Faut que je t'explique mes sentiments avant que tu ne fasses de déductions trop rapides.

Je ne suis pas amoureux de toi. Je me suis empêché de tomber, et il y a bien longtemps. Maintenant oui, si t'es nu devant moi mon membre se redresse, pour répondre à ta question. Et oui, si ton membre s'endurcir en face de moi le mien fera de même. Et oui, s'il y a friction entre les deux il est clair que mes cris pourraient réveiller la lune. Si tu savais combien de fois j'avais envie que tu fasses trembler mes cuisses. Que tu m'attaches les poignets, que tu me bandes les yeux, me prennes en grand écart sous la douche. Si tu savais combien j'imaginais nos nuits, en te regardant dans les yeux, toi face à moi.

Tout ça pour te dire que… oui, tu m'attires et m'électrises, mais je n'y peux rien.

Pourtant je ne veux pas te perdre et je ne te perdrai pas.

Bien à toi mon grand amour,

Alec.

Sad Apologies

I'm so sorry.

That's all I can say. I'm sorry for misunderstanding you, sorry for keeping some hope locked up inside my heart, sorry to think about you all the time, sorry to dream about a story that you'll never be able to give me. I'm so sorry.

When I first saw you, I thought you were cute, handsome and more and more beautiful as we got to know each other. And if I said that I knew I'd feel all this towards you the second I saw you I'd be lying. Because I didn't at first, never had a single shadow of hope hanging around. Never. Until our first lunch together.

Then I realised how cute your brown eyes made you, how pretty your hairline was, how much your sharp jawline was making you attractive, how kissable your lips, pink just like cotton candy, were. I decided to look at you, with more and more attention, trying to learn every cell of your skin, every scar, pimple, hair, shade… I wanted you printed into my soul. And I made that happen, apparently.

I couldn't stop thinking about you, couldn't stop shivering, waiting for Sunday so I could see you again. You had become one of the main reasons I wanted to go back to where we met. We got closer, eventually. Deeper conversations, a bit of flirting for my part, little stares and attention for yours. And to be completely honest, I thought you felt the same. We smoked our first cigarette together, and I came out to you. You had the verbal confirmation that I liked your kind. And you still allowed me to sit on your shoulder for that funny picture they've asked us to take. Turned out that that picture wasn't the most interesting one. Our stare. Absolutely undeniable. That picture in which you're sat on the table while I'm standing on it, my look deep into yours, with permanent and honest smiles on our faces. We were there, looking at each other, laughing so hard as if we had nothing to lose, nothing to gain, and nothing we desired more than each other. I sent you this photo, with all the other ones. You qualified it as quote unquote "sympa." That is not "sympa". That's alchemy right there, attraction, affection, complicity, anything but just "sympa." I might be wrong though, maybe those eyes you gave me don't have this big of a meaning after all… but I know that for a fact, the photo is not "sympa."

Then you said you wanted to see me again. My spine had shivers, my heart was about to explode. I believed in us. In some kind of beginning, of us. I was so happy. You made me happy. You can't even imagine how happy I was. Holding out hope that I'd finally discover the feeling of teenage love, the feeling of the heart to heart becoming skin to skin, the feeling of your tongue on mine, the feeling of freedom to lay my head on your shoulder or to make my hand a way through your dark and soft-looking hair, the feeling of discovery, adventure. I thought you'd give me a taste of all that. All those things I buried as fantasies, deep into my mind and aching soul. I was, finally, fully happy.

You then hugged me, so tight that I could melt into your body. I could smell the scent of your skin. Feel your heartbeat on my thorax. I could die and come back to life instantly, over and over again, losing any sense of reality. And that, isn't even love.

You then said I could sleepover at your house. Second message you've sent me. The mystery was gone: you liked me. And so we talked, everyday for almost two months. You kept leaving me on delivered for hours, sometimes days but it didn't really matter as long as we talked. But I still had a doubt on what we were. I was torturing my mind in order to analyze every single letter, every single word of every single message you'd send me. And I couldn't figure it out.

And so I woke up one morning. I was in Madrid. And I told myself that the only way to have an answer is to ask the question. And so I did. Through voice messages. And when you answered, you weren't alone. I could hear feminine voices all around you while you were clearly explaining to me the fact that you, didn't like my kind.

The world around me stopped. You're fully straight. I have fallen for a straight guy. I was feeling so stupid. Completely burst into pieces. I decided to make it funny, decided to play it cool… to you, at least. But deep down, I couldn't believe it. And I still can't believe it by now.

Now's the time where I'm supposed to tell you that I think you're in the closet, but that's not happening because if it is in fact true, I know how hurt you'd feel. But trust me, if that's the case, it gets better, and we can talk about it. Your fears, feelings… anything. That's what friends are for after all, right?

And if you are in fact straight, then you do you and I hope those words weren't swords to your eyes and that they kept our friendship alive.

We're still young, we're the youngest and hottest we'll ever be. So what's stopping us from being who we wanna be, from being who we truly are? I've moved on on you, but no door for a romantic little story with you will ever be closed.

And, again, I'm so sorry that our souls instantly clicked.
Sincerely yours,
Alec

Juste,

Juste, avant que tu ne partes définitivement encore une fois, j'ai envie de te raconter les rêves que j'ai eu de toi. Enfin, pas vraiment des rêves, mais des images que j'aurais aimé vivre avec toi.

Pour commencer, il y a une chose que j'aurais adoré faire lorsque tu étais devant moi: t'embrasser. Te faire ressentir mon cœur qui bat à travers un baiser. Peut-être à la hâte quand tu sortais du métro, ou alors en prenant notre temps sous l'arc de triomphe ou sous le regard des cathédrales parisiennes. J'aurais aimé goûter à ta peau que j'ai à peine eu la chance de toucher… Mais j'étais jeune, un peu trop… je ne sais pas si je l'aurais supporté. Ensuite il y a des images qui me viennent de temps en temps, je suis allongé sur ton corps nu, mes doigts qui caressent tes clavicules et mes soupirs qui observent méticuleusement ton sourire. Te récitant Sed non satiata, que tu connais certainement et qui à jamais fera trembler ma peau quand elle pensera à toi. Juste, avant que tu ne partes encore une fois, je veux que saches que… Tu es de loin le plus bel homme que j'ai jamais rencontré… tes yeux verts olive qui enivrent mon âme et lui font quitter la réalité. Les flammes de ta chevelure, noire comme nos nuits, qui font taire le paradis. Ta peau blanche, laiteuse, semblable à celle de Galatée et ta prestance de muse qui prend dans ses bras mon corps en fumée. Je rêve de toi depuis le 5 juin 2023. Depuis que ça fait un an que tu hantes ma foi. Depuis que ça fait un an que tu n'as plus jamais parlé, plus jamais pensé… ou peut être que si, je ne sais pas… Juste, avant que tu ne partes définitivement, je veux que tu saches que j'ai envie de t'aimer. Mais ta froideur de pierre dissuade mon cœur devenu glace dès lors que tu as laissé ta place. Un vide au plus profond de mon âme. Tu pourrais le faire fondre, mon cœur… Tu pourrais le calmer, ralentir ses ventricules sans les voir exploser… profiter du feu d'artifice que feraient nos corps entrelacés, l'un à l'autre, ensemble, sans savoir ni où, ni comment, ni pourquoi. Juste, avant que tu ne partes définitivement, je veux que tu saches que je ne t'oublierai pas. Quand sous mon toit vivront deux enfants, ou peut être trois… Quand dans mon lit se trouvera « l'homme de ma vie » alors que je saurai pertinemment que ça aurait pu être toi. Dans mes rêves tu resteras. Mon dernier battement, mon dernier souffle, ma dernière pensée… tout te sera destiné. Et même si je t'oublie un certain temps, à tous les 5 juins tu reviendras… et je ne sais pour combien de temps. Tous mes étés seront à toi, même si l'on ne sera jamais ensemble… L'essence de mon âme ne peut qu'avoir peur en essayant de t'approcher, en essayant de toucher de l'intérieur, encore une fois. Penses-tu à moi? Même un peu? Même avec dégoût? Vis-je à l'intérieur de ta tête, dans un coin, quelque part parmi les mauvais souvenirs? Je pense que ne pourrai jamais vraiment le savoir, même si j'aimerais beaucoup, beaucoup trop faire partie de toi, encore fois, en boucle, en cycle. Il y a un an j'ai dépensé des rires pour toi, des pensées, des larmes, des émotions fugitives que ta lame a tranché. Et comme un idiot, ou comme un sauveur de ma propre existence, je réessaye maintenant. J'ai avalé ma fierté et ramassé tout mon courage pour tout mettre dans un seul message. « Coucou ! Comment tu vas ? Je t'écris juste parce que je voulais prendre de tes nouvelles depuis le temps… J'ai repensé à toi récemment :) ». Depuis nous parlons, nous racontons… Moi je tremble et toi tu t'en fiches certainement. Mais moi je me languis de tes messages, de sentir cette petite vibration qu'émet mon téléphone en silencieux qui veut dire que peut-être, après trois heures, tu as enfin daigné me répondre… Mais ce n'est pas toi, c'était quelqu'un d'autre. Je n'en peux plus pour être honnête, de vérifier si tu as vu mes stories, liké mon post, m'a follow sur insta… Je n'en peux plus de vérifier si tu t'intéresses à moi, pour la deuxième fois. Juste, avant que tu ne partes définitivement cette fois, j'ai envie que tu comprennes que tu fais partie des trois seules personnes à ma connaissance que mon cœur, mon corps et mon âme sont capables d'aimer. Et pour ta gouverne, c'est toi que je veux. Mais toi tu ne me veux pas… Juste, une dernière chose avant que tu ne quittes ma vie à jamais, je veux te remercier chaleureusement d'exister et de m'avoir donné une chance même si elle s'est envolée en début juillet. Merci de m'avoir accordé le doux souvenir de t'embrasser sur la joue en sortant du métro à deux heures du matin, merci d'avoir chanté avec moi sur le goudron parisien, merci d'avoir écouté mes poèmes improvisés, merci d'avoir accepté, pendant un après midi et une soirée, ce que j'avais (mal) choisi de te donner. Juste, merci.

Alec

Confession

I don't know why my quill is in need of being used, but I know it is because of you.

You're drop dead gorgeous, and I am not the only one to see it, you are beautiful to everyone but especially to me, essentially to me. And let me tell you why:

I like the way you smile, it melts me all the time and every time I look at that picture I took, I like the color of your eyes, and what they express with their light brown iris, even though I am pretty sure I'm not the reason of their sparkle. I like the way your hair moves when you walk around innocently, not knowing that you're the only thing I'm looking at. I like the way you smell like lit candles, it reminds me of my childhood and this waxy sweet smell makes my heart burst with the want to kiss you. I like your lips, and their pinkish shades that really know how to make me obsess over them. I like your purple stain on your right hand. It makes you unique and makes me want to touch every cell of your body. I like the way you talk, your soft and muffled voice I always loved. I also like that you can't tie your tie properly and how cute it makes you. And the list can still go on forever, and I know I shouldn't say all that, but these are the main reasons why I've liked you the second I saw you.

And the truth is that I also like you because you're smart, open minded, caring and sharing, loving when you want to and goddamn seducing all the time. And I don't wanna admit how much I looked at the stars and thought about you, reflecting on how much you look like them. And I hate the way you might like girls better… because I am a hundred percent sure I'd love you more than they ever could even if they tried as hard as they could.

The truth is that the only thing I want right now is to wear you like a tattoo on my chest, carrying my heart and fixing the scars you've opened.

But that… won't happen. For the simple reason that you do not want that to happen. You want us to hang out as regular friends, smile at each other as friends, laugh at each other's jokes, as friends. Always as friends. But then why did you steal a hit of my cigarette and place yours between my lips? Why did you ask me to sleepover at your house so soon? Do you remember when I told you I was tired and you took me out by holding me? When we stuck our head onto the wall and silently looked at each other for two good minutes, when you hugged me so tight I could melt into your skin without even trying? That's not friendship. That's not friendship because you made it romantic. And now I'm lost in my feelings, not knowing what to think.

But obviously, it had to happen. It had to be you. It had to make me cry after less than a week of knowing each other. I grew to love you. And not in a friend way. That's impossible and it would be lying to tell you that we could still be friends.

But maybe, in another life I could make you mine.

Until then, take care.

Oh, and happy Valentine's Day.

Alec

Enfer Cardio-Vasculaire

Tu vas m'écouter maintenant. Ou me lire plutôt. J'en sais rien… c'est le bordel dans mon cœur à cause de tes démons. Des petites créatures qui portent ta tête et ta voix, qui te ressemblent en tout point. Ces monstres t'ont volé ta peau d'ivoire, et m'ont envenimé mon savoir. Je pensais avoir compris, je pensais savoir qui aimer… Mais non. Je me retrouve coincé. A cause de toi. Tu te bats contre mon cœur et c'est une bataille que ma raison ne peut mener, déjà teinte de mon propre sang. Une guerre tellement profonde qu'elle oblige mon âme à se morfondre. Seule. Dans des abysses inquiétantes créées par ton cœur. J'arrive à te voir à travers les ombres de ce soir. Ta silhouette exquise, hypnotisante, aussi envoûtante qu'une muse, que tu me deviens, en chair et en os imaginaires, une inspiration, assaisonnée de doutes et d'interrogations aussi vides que mes songes, pleines de toi et de ton mensonge. Un petit ange, caché, seul, au loin la bas. Cet ange, c'est toi.

J'ai décidé d'ensevelir mon amour pour toi. Sans même vraiment savoir pourquoi j'ai juste réalisé que je ne te verrai peut être plus, ou alors que tu n'étais pas prête à devenir plus. Plus qu'une simple personne avec qui l'amitié est si grande qu'elle en est foudroyante. Comme les cristaux qui s'échappent de mes yeux tandis que les larmes des nuages tombent. Ton nom que je ne fais qu'entendre tant je me le dis fait tomber tous les masques. Je t'aime. C'est fait, c'est dit. La nuit pleut, ses étoiles se transforment en poussière. L'univers n'est plus. "C'est juste l'écroulement du monde, ne t'en fais pas." Juste l'œuvre d'un fauve.

Bien à toi,

Alec

Song Lyrics

You feel like those song lyrics you've been posting on your instagram stories.

Eux

“Adultes”

Voyez l’existence.

Cette folie purement humaine.

Voyez le système.

Ces grands engrenages en métal rouillé

Qui drainent la patience de tous les hommes sur terre.

Une ironie.

Une blague de mauvais goût.

Que faire de mon cœur emprisonné par ces chaînes grinçantes?

Un cœur qui brûle d’amour à offrir et de désirs à assouvir.

Un cœur de 17 ans,

Déjà plus intelligent que certains “adultes” idiots qui régissent le monde.

Incompris.

Enchaîné par le système parce qu’il est différent.

Sobriété

Je me bats contre la sobriété.

La convention du monde,

« Ça vous détruit la santé ! »

Alors que j'ai juste envie d'échapper à mon âme, toute ronde.

On se fait violence pour rester dans les airs.

Parce que le monde a rendu la réalité asphyxiante.

J'étouffe sans oxygène, alors j'inhale la fumée des plantes vertes mais il n'est pas trop tard.

De toute façon, il n'est jamais trop tard.

Je me bats contre la sobriété,

Et pour cet élan de douceur que donne cette sororité.

On m'a dit un jour que je finirai comme vous mais non,

Je proteste !

Tranquille, je réside,

Étrange liberté,

Sur une onde calme où je couche avec les étoiles d'un ciel mort…

Je ne sais plus,

Plus sapiens,

Plus sage.

Je brille comme un éclair dans un univers de génies absolus.

Je vole comme un aigle n'a jamais volé,

Je respire aussi tendrement que les narines d'un nouveau-né.

Je me fais violence.

Je me bats contre la sobriété à cause de vous.

Parce que je ne veux pas voir le monde dans les mêmes filtres,

Ni réfléchir

Pour mourir

Et le flétrir

Dans un cercueil

Déjà utilisé.

Je me bats contre une sobriété invisible,

Je descends,

L'avion se dépose sur la piste,

Lentement… Atterrissage.

Je me bats contre vous, adultes.

Vous êtes ma sobriété.

Incendie

I

Il y a donc bien des regards indécents qui brûlent chaque cellules de ma peau.

Un partage d'yeux et de souffrance et vois l'amour que tu possèdes et es en mesure de m'offrir .

Qu'est-ce que j'ai fait ?

Par pitié dites moi que je me repentisse je ne veux pas finir comme maman et je n'ai pas envie de danser entre d'autres jambes que les tiennes ni que mon corps soit tenu par la douce violence que me provoquent tes mains sur mon ventre endormi…

Je ne veux pas finir derrière l'écran ou sur la scène dont les rideaux sont cassés.

Je ne veux pas finir comme toi et incendier des vies.

Je veux éteindre l'incendie de la mienne.

Les sirènes vomissent leur alarme répétitive, presque cyclique, nourrissant mes nuits.

Les gyrophares clignotent,

J'ai mal à la rétine.

La beauté est une œuvre du chaos.

Une putain d'œuvre de fardeau.

II

Un chandelier dessine chaque courbe de tes hanches,

La rondeur de tes fesses qui finissent par être ma seule source de dopamine.

Il y a dans ton corps des réactions chimiques,

Elles explosent.

Mes cheveux trempés de sueur tombent en arrière quand mon échine se tord pour lui égayer le corps.

Je ne veux pas avoir à danser entre d'autres jambes que les tiennes.

Mes mouvements se toisent mais tu pleures toujours.

Encore,

Endormi,

Ivre mort.

Je ne suis ni le Styx…

Ni le reste de ton corps crevé sur le goudron noir qui te sert de scène.

Le clou du spectacle.

L'heure du miracle contre les autres visages.

III

Je ne puis plus t'embrasser la joue,

La mort est une maladie aussi contagieuse que l'amour.

Gifle moi comme preuve d'amour,

Prouve moi que tu m'aimes.

Touche-moi.

Brûle-mois

La vie est morte avant la foi.

Dieu, aussi grand soit-il, n'existe pas.

Le Ciel est vide.

Violence Ultra.

Tout est mauvais en toi,

Même tes coups de rein, en cataclysme.

Vous qui me Haïssez

Sous le soleil, assis dans l'herbe,

Les ombres de ma vie se sont redessinées.

Comparé au Phèdre

Je jure sur ma vie de tous vous le prouver.

J'ai chaud, je le ressens,

Mon bras est soudain plus lumineux

Et je vois bouillonner mon sang.

Fêter la chaleur qui rend les gens heureux.

Vous, bons comédiens

Votre jeu ne sert plus à rien,

Mon instinct est devenu félin.

Béni par les cieux bleus de l'été,

Je sais qu'inexistante est votre honnêteté.

Même le soleil daigne m'embrasser.

Cruauté

Le ciel est dépourvu d'étoiles,

Mais la lune place doucement ses cratères dans mes yeux.

Et je la supplie de descendre.

Elle est coupée en deux ce soir.

Les mégots écrasés sur le goudron,

Le vent frais,

Le son des Klaxons,

La lumière des phares et du lampadaire

Tous me dictent simplement mon unique destin.

Assis contre le sol,

La lune place doucement ses cratères dans mes yeux.

Tout me paraît plus clair…

Mes poumons pleins pompent la fumée et la déploient depuis mes lèvres,

Les mégots de cigarettes par terre.

Les bruits incessants de la rue fébrile

Les voitures s'empilent.

L'univers est un peu plus calme qu'hier.

Et ce soir,

Ce monde aiguisé me prend dans ses bras.

Le ciel était dépourvu d'étoiles,

Devant ce grand écran où les images défilent,

Mes pupilles dessinaient ta mâchoire,

Mon souffle me suppliait de le poser sur ton cou,

Ta peau était blanche par les reflets du film.

Je te scrutais, monde tranchant.

De la peau jusqu'aux os,

Et mes réflexions me poussent à apprendre à t'aimer.

Nos chemins se sont emmêlés,

Les larmes ont fini de chuter.

Et ton tremblement fut vain.

Monde de brute.

Écran

Inanimé au milieu des ténèbres,

La douceur de l'écran.

J'ai du mal à y croire pourtant

Cette unilatéralité s'en prend à nos corps

Et nous nous sommes envolés.

Plus du tout soudés.

Au début elle me prenait dans ses bras,

Me bordait de son amour.

Voilà que je la quitte pour toujours.

Avant il me nourrissait,

M'aimait, tout le temps…

Ça s'est dissout par la douceur de l'écran.

Derrière la porte en bois de la maison,

Mes souvenirs d'enfance…

De l'autre côté, ma transe.

Nous mangions ensemble, à la même table.

Question de sentiments…

La violence de l'écran.

Les secrets sont révélés

Et il n'y a plus rien à ce jour.

Les liens se sont ici rompus pour toujours.

Bougies

Leur flamme danse sur leur mèche,

Comme la lune douce et charmante

De cette femme aux larmes sèches,

Qui sait rire quand elle enfante.

Elles brillent un seul jour par année,

Leur cire qui fond dans la misère

Sent le miel comme une fleur fanée,

Je t'aime, joyeux anniversaire.

Le feu se couche sur ton âme,

Ton cou sent le sucre, comme la cire

Et tu éteindras cette flamme

À l'heure où le monde te mire.

Dansons autour de la lune

En compagnie de tous les anges,

Ton âme: magnifique comme une lagune

Vers toi aujourd'hui sont dirigées mes songes.

Bon anniversaire maman.

Chemin Vers une Nouvelle Vie

Elles dansent sur mon âme,

Dormeuses incessantes

Brillent comme cette lame

Aux lueurs indécentes.

Elles me remuent le cœur avec ardeur,

Quand elles se tordent au gré de mon corps

Je me demande quand sera mon heure,

Celle où sonnera l'horloge de la mort.

Ensevelies sous la terre comme des anges avisés,

La noirceur se bat parmi mes songes,

Pour que mon cœur terrorisé

Puisse croire à leurs mensonges.

La peau des anges est froide,

Comme une sagesse indolente

Où nos cœurs liés sont roides,

Et où l'histoire sera lente.

Peut-être qu'un jour nous referons le monde?

Qui sait,

Peut être que nous dessinerons notre ronde

Envers et contre leurs pensées.

Prison

Enfermé au milieu de murs invisibles

On me dit de me taire et d'obéir.

De réfléchir et de ne jamais fuir

Cette prison invisible et horrible

Où mon cœur se tord

Et où ces deux gardiens,

Responsables de ma vie et de plus rien

Me conduisent vers le couloir de ma mort.

Qui sont-ils?

Ces gardes de mon âme dont le pouvoir

Ne fait qu'enfermer mon âme déjà noire.

Et ces milles

Autres en plein désarroi

Me voient me battre,

Et me plier en quatre

Pour vaincre en vain ces rois

Qui me sont cet enfer interminable

Où mes choix sont oubliés,

Malgré toute cette foule agitée.

Mais maintenant est l'heure saisissable.

L'heure de la révolution,

Et de cette liberté tant languie

Pendant toutes ces nuits,

Maintenant se relâche ma passion.

Que Vous Compreniez

Posez votre main sur le côté gauche de votre abdomen et concentrez-vous un instant. Ce tremblement, c'est votre cœur qui bat. Votre cœur qui, quand il a mal, vous pince et se noie dans vos larmes. Le cœur est l'organe représentant l'amour. En tout cas dans la culture européenne parce que chez les arabes c'est le foie, et au lieu de s'appeler mon cœur ils s'appellent « kbida diali » et je ne sais toujours pas pourquoi.

Enfin bref, scientifiquement, l'amour est une sorte de cocktail d'hormones qui vous fait sauter au plafond quand cette personne vous regarde dans les yeux pendant un peu plus d'une seconde, quand elle vous frôle… on connaît. Les adolescents appellent ça un crush. « Avoir des vues sur quelqu'un… » c'est un peu la première étape de l'amour, les premières expériences, se découvrir un peu aussi.

Quoi qu'il en soit ce « crush » est déterminant dans nos aventures à nous, adolescents, qui sommes complètement stupides lorsqu'il s'agit d'amour. On regarde dans le vide, les yeux pleins d'étoiles, la bouche béante on rêve et, quand un pic d'hormones survient, on saute au plafond, ou on crie dans nos oreillers pour ne pas faire trop de bruit, et parfois aussi pour ceux qui écrivent, on écrit. Des pages et des pages, des cahiers et des cahiers où l'on se raconte les mémoires et les espoirs, tâchant les feuilles de nos larmes ou de nos rires… des textes évidemment, que jamais le « crush » ne lira.

En notre jeune âge, les adolescents peinent à définir l'amour. Offrir la dernière part de pizza, sortir deux cigarettes du paquet ou encore faire un partage de connexion ne seraient-elles pas de véritables preuves d'attachement à cette liaison? Des preuves oui, mais qu'est-ce que l'amour véritablement ? Chamfort disait que « l'amour c'est le contact de deux épidermes et l'échange de deux illusions.» Et l'amour, je pense, gagne le premier prix lorsqu'il s'agit d'illusion. La panoplie de questions, le capharnaüm incessant dans l'âme… la souffrance aussi, parfois. Quand l'amour n'est pas partagé. Quand la pizza est entièrement dévorée, le paquet vidé et le partage coupé.

Avoir le cœur brisé est l'une des pires sensations qu'a à endurer l'humanité. Pleurer seul dans ses draps à trois heures du matin en ayant cours à huit heures et demie le lendemain, le souvenir d'autrefois, avoir tenu sa main, tellement fort pour au final être détruit par le destin.

Et on grandit, ça nous fait grandir et on recommence, en faisant exactement les mêmes erreurs au plus grand désespoir de nos meilleurs amis. Mais enfin, c'est pas grave on finira par trouver.

En y réfléchissant, on ne peut vivre sans aimer. Je me suis dit ça en me baladant un soir dans Paris. Un couple de personnes âgées, les deux avaient une canne à la main, et s'aidaient à traverser la route. Ils riaient, parlaient, se racontaient leur journée... leur osmose spirituelle était visible à un kilomètre et je ne me vois vivre autrement à leur âge. Encore faut-il savoir aimer, et ça même Ivan Monka ne peut nous l'expliquer. C'est pour ça d'ailleurs qu'on a dix-sept ans, qu'on monte sur la moto de notre bien aimé, un soir d'été, sans avoir prévenu ses parents, sans casques, évidemment, avec le goût du danger arpentant la langue. C'est pour ça aussi qu'on s'embrasse dans des amis, avec la peur grinçante de se faire prendre, et, par la même occasion, rentrer une heure en retard et se faire priver de sortie avec la hâte insatiable de revoir celui qui domptait nos lèvres quelques jours plus tôt. C'est beau l'amour, ça crée des souvenirs. Il est douloureux à voir partir mais il revient bien assez tôt.

L'amour est l'humanité. Il empêcherait les guerres, tuerait la haine s'il était universel. Mais à mon échelle de gosse de dix sept ans qui n'a pas encore goûté aux doux plaisirs de la vie d'adulte, je crois viscéralement qu'il est impossible de vivre sans aimer. Parce que si on n'aime jamais, dites moi qui nous aidera à traverser la route en nous racontant sa journée à 80 ans?

Filtre

Ta cigarette allumée en face de la gare je me rappelle précisément le retroussement de ton sourire.

L'Intrépide

Préface à 'L'Intrépide'

Que l'intrépide doit lire…

Il découle parfois d'un simple petit regard, accroché au plus minuscule des sourires, une immense béatitude.

Il est ici question d'une jeune âme qui attire mon cœur pour des raisons que l'on ne connaissait pas avant de commencer à écrire cette section. Elles sont claires maintenant. Des secrets enfin percés…

Il y a une beauté gigantesque dans tout chaos. Une maison vide, qui, quelques secondes plus tôt fut belle et neuve, brûle. La flamme nous époustoufle. Les briques tombent avec nos larmes, l'atmosphère est dangereuse, il est deux heures du matin, les voisins lui servent de public… Tu es cette maison.

Ton visage m'est inoubliable même si j'arrive à peu près à t'oublier.

Mais il faut savoir, intrépide et lecteurs, que cette section a été écrite avant le déclic. Avant de tout avoir compris, surtout les non-dits. Quand je parlerai de 'gitane' dans certains des poèmes tu sauras de qui je parle, quand je parlerai de Rimbaud tu sauras de quoi je parle. Tu as tous les codes, tu es en mesure de tout comprendre.

Tu as dû le deviner, je ne t'ai pas tout dit, loin de là. Mais maintenant qu'il n'y a plus rien à gagner, voici entre tes mains, dans les pages qui vont suivre, toutes les manières avec lesquelles je t'ai aimé.

Pardon cher lecteurs… Uniquement lui a toutes les clefs.

Respire un coup et tourne les pages, intrépide, je te promets que tout va bien se passer.

L'Intrépide

Chemise blanche collée à ton corps tu cours, marche et voles.

Je ne vis plus,

Ma vie se base sur tes yeux vers moi

Qui dansent tendrement,

Plongés dans un oubli qui ne sait que se morfondre.

L'intrépide me regarde et balance ses cheveux en arrière,

Il a des airs de Rimbaud.

Je veux être le garçon qui te fera chavirer pour la première fois.

Je veux être ta copine,

Celle qui compte.

Chemise blanche.

Coup de feu.

Cheveux blonds.

Yeux bleus.

Et il m'arrache les lèvres et les fait doucement mourir.

L'intrépide…

Il ne sait rien tout en sachant tout.

C'est le chant d'un garçon qui sourit en permanence.

Non.

Mais il me fait sourire.

Salop d'intrépide.

Coupe-Souffle

Il était une fois, à l'intérieur d'un

dimanche soir supposément paisible,

Eu lieu une décharge électrique

aux conséquences presque tragiques.

Il était une fois, un petit prince,

aux airs rimbaldiens qui se dandine dans l'espace,

Dans ses yeux hivernaux

se cachent dans les secrets de l'humanité que

Le monde n'a su percé

pendant des siècles.

Mais c'est à elle qu'il les donne,

à celle qui ne le regarde pas…

Pourtant le corps du jeune garçon,

Fumant et transcendant mes entrailles,

Tremble de pour l'embrasser,

Cette femme à la peau gitane.

Tandis que les flammes dansent

sur la mèche de leur chandelier

Il se pourrait qu'au cœur de tout ciel

se cache ma déité,

Le garçon de mes rêves,

Aux veines tracées de bleu derrière sa peau claire.

Coeur de poire, il aurait pu m'aimer,

Mais pour ça il faut le vouloir…

Il était une fois, deux garçons,

L'un priait pour l'autre, le blond aux yeux grisés d'azur,

L'autre ne priait pas.

Même s'il pose son cœur sur la table

Chirurgicale pour qu'il soit disséqué

par celui qui l'aime sans encore le savoir…

Mes yeux saignent…

Chaque battement est si précieux

Qu'il arrêterait l'univers.

Il était une fois, un garçon aux yeux bleus qui aurait pu m'aimer.

Une histoire qui,

À jamais restera coincée dans le passé…

Un vrai coupe-souffle quand tu passes

en me demandant si je vais bien.

Oui je vais bien et toi ?

De moi ne te préoccupe pas.

Je nous vois danser sous ce ciel

gelé et matinal,

Sur cette onde violette

où les corps se tordent de froid

Et où nos poumons sont faibles.

À cause de toi.

Ta beauté fait mal… ta beauté me fait mal,

Amour fatal…

Rush

I'd be lost if you stopped gazing. Love is dead between your arms. Here it is, the howl from the past, who's heard the music, that brought him right back. It's been a few days since, since we've met. Your face's been writing the best poem and scattered my soul. Look at the time, watch it pass by. Remember me, remember us. Remember the thing about the doves ? We used to watch them fly, get higher and higher, just like our brains, in the night sky. Your body's a dove's. And I weep on your shoulders. Naked and cold like steel I wink, blink, think about our heartbeats still going on and yelling each other's names. It's been more than a thousand years now… That I'm waiting for you. Getting whatever you want can sometimes be frustrating. Even the thought of kissing you all because I can't. Heart so cold, white ghost, wind kissing your bare feet and your spine releasing pheromones. Having and getting whatever you want can be frustrating, especially when it's you. Because I know I can't and I never will. It could, destroy you… soft madness under your skin. The stars fall asleep suddenly and you're there, crying. Begging. Loving. Screaming. Murmuring the romance I've been craving with you. I wanna kiss you very bad. Under the black flat night sky and point at the stars with my hand in yours. Your hair's amusing, your smile melts me like a snowflake on your tongue. I guess I am a snowflake, dear intrépide. Never knew how to avoid you. But I like you. You're funny, murmuring your romance at the night breeze. Some people agree that Rimbaud wrote bad poetry. I disagree. You're Rimbaud's Ophelia to me. You're Rimbaud's dormeur du val to me. I'm a cataclysm and I'll slowly disappear whilst he writes words about you and I can't. Because my words are worth nothing anymore. Take me. Love me. Do whatever you want to me. Scream your romance at the autumn breeze and yell my name when you dance between my thighs under the sheets. If love ever dies, ours won't. Because it doesn't exist. Needs to be created. But I'll kiss you someday. Somehow. Someway.
L'intrépide,

Let me love you like a man.

Comme Arthur l'A Écrit

Votre sueur s'endort le long de mon corps,

Mes mains emmêlées à vos cheveux,

Vous respiriez de plus en plus fort

Et je sens votre souffle, contre mon oreille

S'alourdir, comme votre corps entre mes cuisses et votre peau si chaleureuse qui nous fait écrire que

« Sur l'onde calme et noire où dorment les étoiles,

La blanche Ophélia flotte comme un grand lys. »

On entend la guerre autour de nos êtres

Endormis. Les coups de feu.

Le sang qui coule tendrement

Alors les supernovas scintillent.

Les nuits mauves se noircissent.

Et vos lèvres me tuent de leur délice.

Sourire

Accroché il étire tes joues, des étoiles

Dans les yeux il me pousse à te scruter,

Ça pourrait être nous contre le monde,

Sur une toile où moi aussi je sourirais

Comme tu le fais si bien, accrocheur

De rêve tu me berces par tes yeux qui

Pétillent d'une joie et d'une pureté

Presque puérile, mais si adulte,

Si sérieuse comme si tu avais déjà 17 ans,

Ta peau blanche te donne une chaleur

quand elle rougit sous le froid,

Mais à cause de toi je suis obligé de dire

Que tu as été celui qui s'en est allé,

Avant même d'être venu.

Utopie

Derrière le feu ce soir,

Il y eut sur la même onde qu'à chaque fois

Une brèche spatio-temporelle…

Les yeux fermés,

L'herbe fraîche sous les pieds,

Les éclats de couleurs se posent sur ton bras.

Pas cette fois,

Aujourd'hui, ce soir, c'est différent.

La peau blanche et sucrée se bat

Contre un miel amoureux chanté par des poètes antiques.

La fête est morte ce soir.

Les rires sont morts ce soir…

Sans savoir pourquoi il y a une saveur sur tes lèvres,

Une fois, juste une,

Fais moi sentir leur mièvre.

Éclipse

Et si un jour on essayait de ne pas

Oublier nos lunettes de soleil au

Moment de l'éclipse ?

Je te verrai peut-être mieux

Sous le ciel obscurci…

Ta chemise blanche peinte d'un noir

Profond comme le blond de tes cheveux

Que mon imaginaire redessine.

Tu es aussi poétique qu'une pièce de racine,

Enfantin mais beau,

Des airs rimbaldiens…

Mais ça je te l'ai déjà dit.

Tu brillais fort ce soir, tu m'as encore plus séduit,

Mieux en blanc qu'en noir.

Chaos

There is beauty in chaos.

One that shuts eyes and takes breaths away,

One that leaves me broken, full on and on display.

I have found chaos in your eyes,

I've been trying to untie the ties

But it seems like it's not going anywhere yet.

There is chaos in you.

We need to activate the fire drill,

Warn everyone of your smoldering presence that's blazing me.

I want you to keep staring at me…

Like you usually do when I pass by you…

There is chaos in your looks,

Beauty in your eyes,

Art in your stares…

Will I get to touch your arm again?

Warm skin right on mine…

I wanna make you, mine.

There is chaos in the ways you laugh,

In the ways you smile.

You are an atom bomb that's impossible to defuse.

We could dance under the rain and you could be my muse…

But you already are,

Right this second…

My cute little chaos.

Prisme

Il est pour l'humanité, impossible de comprendre la profondeur des essences fantomatiques que les bougies frôlent en survolant le ciel terni par les couleurs du cristal blanc

Que tu tiens avec tellement d'insistance que ta propre âme n'a pas su répondre à mon absence obscurcie par l'élégance d'une aile victorieuse et intempestive,

Jamais, au grand jamais, je ne fus jamais

Touché par une chose aussi violemment, que par ce que j'ai vu dans les couleurs de ton prisme.

Une brèche stellaire,

Imagination lente et vide de sens dont la tête se tourne vers l'Ouest,

La gorge pleine d'essence.

La femme aux cheveux rouges te regarde par ses yeux soulignés.

Une gitane fait battre ton coeur et la pureté du miens salit la blancheur de tes

Mains quand nos lèvres se rapprochent et que, tes larmes visqueuses perlent le

Long de mon ventre doré et aride

Comme le désert que tu rêvais tant

D'explorer avec elle.

Cette femme aux cheveux rouges…

L'ardeur de son prisme la déforme et brise ses cris dans ta chambre acoustique.

Les miens sont éloquents, ils brillent de

Cavatines. Et ils s'allument d'un enfer

Intempestif dont les idées se mêlent et hypnotisent la Terre.

Ma main droite, pleine de filaments

Digitaux se voit percée par le regard

De la tienne. Nos épidermes se touchent,

Tu chuchotes, pensant connaître peut-être

Mon destin dans la justesse de tes cris plongés dans les yeux de ta gitane et de son prisme. Il est de nature évidente et temporelle que le Ciel absorbe mes

Évasions vis-à-vis de toi.

Il est donc bien nécessaire que mon ennui te soit propre dès que je te montre la douceur de mon prisme.

Douleur que tu Signes

Je me sens bien dans la douleur que tu me fais subir.

Peut-être irais-je mieux dans la tendresse de tes bras.

Quand je vois tes lèvres s'écarter dans un sourire,

La douceur de tes veines,

Le charme de tes cheveux, coincés dans une intrépidité traduite par un des regards que tu m'as donné,

Au bout du couloir,

Enfin.

Mes cris furent entendus.

Enfin.

Le vent me gèle déjà le visage, tu viens de fermer la porte.

Ton regard n'est plongé qu'à l'intérieur du mien.

Ton regard n'est plongé qu'à l'intérieur du mien.

Ton regard n'est plongé qu'à l'intérieur du mien.

J'expire.

Tu commences à parler.

J'expire.

Tu m'as tiré de mes rêves, ceux où j'avais le droit de t'embrasser, tu m'as tiré dessus sans le vouloir et d'une tendresse hallucinante, tu m'as tué sans avoir eu le choix.

- Non.

Voilà ce qu'était ta réponse.

- Non.

Évasion

C'est l'histoire d'un coucher de soleil,

Sous la pluie.

Un joli ciel couvert par les nuages,

Et par la terre.

Endormi, ton corps rimbaldien se repose,

Meurt à chaque respiration, presque évasif

La joie d'une passion,

Nos veines expressives

Tombent dans la ruine d'un infini amoureux,

Les cris en arrière-plan.

Enfermé, comme dans une prison,

Planifions maintenant ton évasion.

Je m'approche et tu repars tranquillement

Les étoiles explosent, le firmament.

Vivacité insolente, presque qui brûle,

Ton sourire traduit les joies de ma torture.

C’est un soulagement magistral,

T’avoir écrit, m’être évadé de

Tous ces engrenages pensifs.

A toi maintenant de rétablir notre vérité.

Yeux Gris Sous Ciel Noir

Il avait plu ce jour là, mais il n'est pas question de pluie ici.

Les vérités sont maintenant presque aussi claires que les veines derrière ta peau.

Sous le ciel assaisonné d'étoiles, un fil invisible sépare nos deux corps mais pourtant nous unit.

Yeux gris sous ciel noir.

Je n'avais pas dormi la veille, mais il n'est pas question de manque de sommeil ici.

J'avais peur. L'adrénaline dans mes veines grimpait comme ton souffle chaud sur mes joues froides.

J'aurais voulu être à toi et tu n'avais pas besoin de super pouvoirs pour le voir.

Yeux gris sous ciel noir.

Comme Si

C'était comme s'il n'avait jamais plu,

Comme si le prisme transperçait tes yeux,

Lus par mon âme, comme si

L'orage y avait cru.

Le vent était sec avec une odeur de praline,

Les pages de ton livre se tournent,

Alignent les étoiles qui te poussent vers moi,

Malignes…

C'était comme si tes yeux n'avaient jamais brillé,

Comme si dans un mirage, ton cœur s'est tu cet été,

Ou avant, même après,

Embrasé par ton intrépidité.

Nous ne sommes encore que des enfants pourtant…

Qui courent vers le danger, et fuient leurs sentiments,

Et pourtant je toque à ta porte,

douceur de praline.

C'était comme s'il n'y avait jamais rien eu,

Ni bus ni sourire…

Il a juste plu.

Comme si dans ma gorge se coupaient les cavatines.

Il n'y eu que de la peur;

Douleurs et pensées tapies dans l'ombre,

Attendant de pouvoir exister.

Mais dans mes espoirs il n'y eut pas que de la pluie.

Alors faisons comme si.

Le Poète Inconnu

C'est différent quand c'est lui qui le fait.

Il s'en dégage une grâce, un joli sourire…

Mon cœur palpite un octave plus haut quand c'est lui qui m'embrasse.

Il y a quelque chose d'hypnotiseur vis-à-vis de son corps,

Quelque chose de fascinant.

Il est capable de redessiner le temps,

De le ralentir dans sa course.

Lui seul est capable de taire le monde.

Et il le fait quand ses mains me touchent…

Voyons sa sagesse,

Inexistante mais que l'on confronte tout de même.

Mais sa beauté ne tient qu'à ses cheveux

Qui tombent en arrière quand je stimule son corps,

Qu'à ses yeux, profonde rondeur où l'on pourrait noyer les eaux,

Qu'à la couleur de ses lèvres, injectées de sang qui frémissent quand il fait froid.

« Préfères-tu mon corps ou mon âme ? »

« Ton corps. »

« Mon est-elle si repoussante ? »

« Elle ne l'est pas, ton âme est vide. »

Cristaux

Ils perlent au milieu de mon coeur comme tu danses dans le désert,

Noyé dans l'espace, et le temps…

L'âme d'un amour infiniment grand caché dans le cœur des prismes stellaires.

Nous sommes les mêmes et les étoiles nous le font comprendre,

Ivres de paix comme les cristaux qui perlent dans l'usine de mes larmes.

J'ai trop pleuré, beaucoup trop.

Ta peau sur la mienne nous buvons les frictions qui coulent dans nos gorges,

Cou que j'embrasse, dans l'espace et le temps.

Ils brillent et aveuglent tes jolis yeux gris.

Pas de début sans fin

Sans fin pas de début,

Juste l'oubli d'une cristalline sucrée comme tes paupières qui se ferment

Et que j'embrasse dans l'espace et dans le temps comme s'il n'y avait ni enjeu ni conséquence.

Des mots de poète coincés dans les cicatrices…

Je veux être ta femme.

Je veux être celle à qui tu tiens comme tu tiens à ton sourire,

Coincé sur tes lèvres,

Au centre de ton visage,

Déformé par le prisme.

Le Brin Dansant

Que se passe-t-il dans l'âme d'un inconnu

Facteur, l'on ne connaît son nom…

Il ne fait que rire, hurler, jouer comme un enfant, à cache-cache avec le monde.

C'était un mensonge; l'on connaît parfaitement son nom, jusqu'à la dernière saveur de la dernière lettre.

Comme une plume dans le vent, il s'envole

Et fait rêver d'une utopie qu'il pourrait nous offrir.

La blondeur de ses cheveux

Efface chaque sens,

Son odeur si stérile pourtant si reconnaissable,

La forme de ses lèvres,

Quand il lâche le plus minuscule des sourires…

Il danse gracieusement comme un brin de pollen,

Une bribe intrépide qui vient du soleil.

Il transperce mon âme: le brin dansant.

Paradis et Vous

Je suis terrifié, mais pas vraiment de vous.

Car quand votre haleine me susurre nos mièvres, toute ma peur s'évapore… tranquillement.

J'aurais aimé que mon corps soit déposé sur vos lèvres, tout en entier.

Et que vous le dévoriez tout cru, comme l'amour vous l'aura dicté.

Les doigts sur mes épaules sont frêles,

Froids et gelés,

Ils tremblent comme le doux battement de mon cœur,

Ce silence assombri par le secret des fleurs.

Je vous aime comme on aime le miel en début de printemps,

J'aime votre corps plein de courbes à faire valser pendant des nuits entières,

Nettoyées par nos baisers pendants.

Mais quand?

Quand vais-je avoir la chance de voir la paume de vos mains sans armes de défense?

Sommes-nous en guerre où sommes-nous là pour nous aimer?

Notre glaive ne pourrait-il pas refléter nos âmes et effacer le sang qu'on a, tatoué, gravé sur l'épiderme, à tout jamais?

Ne pourrions-nous pas devenir les sujets d'un beau tableau de Renoir ou d'un artiste amoureux?

Quand la ville nous éclaire par son soir, goûterions-nous à l'amour heureux?

Quand sous notre joli toit habiteront deux enfants, ou peut-être trois, les étoiles brilleront-elles un peu plus fort?

Si je vous dis ça c'est parce que je vous aime de tous les gargouillis de mon corps, de chaque petit battement de mes cils, de n'importe lequel de mes petits soupirs.

Et si un joli ange toquait à ma porte un beau soir matinal et me proposait le paradis je déclinerais et fermerais soigneusement la porte,

Parce qu'il m'aura dit que vous n'y seriez pas.

Ce paradis là ne sera donc jamais le mien puisque mon paradis est votre amour pour moi.

En clair je refuserais le paradis si il faut que j'y aille sans toi.

Retrouvailles

Il y eut son sourire, un hiver nouveau

Où le chaos revient

Même s'il sait que je le trouve beau,

Et qu'il n'y aura jamais rien

Quand son rire sonne et le miens

Brille par son silence intempestif,

Il a des airs enfantins

En ce joli soir festif.

L'intrépide me jette des regards

Qui pourraient me faire taire,

Rien laissé au hasard

Il cherche peut-être à me plaire…

Les yeux fermés près de la fenêtre

Il est tout, sauf ce à quoi il veut paraître.

Froid

Nous y revoilà enfin,

À cette saison où tu te demandes si les clopes te réchauffent,

Ou si la nuit te prêtera de son mauve.

Encore, tout seul,

Encore.

Le coup de feu a résonné fort de l'autre côté du village,

Je me souviendrai chaque jour de ces traces sur ton visage,

À quelle infamie appartiennent tes images ?

Sous l'air froid, il nous faut être sage comme des images.

La tête qui vibre,

Le nez qui nous brûle

Doucement mais comme à perpétuité,

Tes merveilleux airs dansants,

Déposés sur ta tête comme une couronne

Volent les messieurs aux petits airs charmants.

Toi…

Monsieur aux petits airs charmants…

Seul,

Tout seul.

Qui court vers le froid firmament.

L'Ignorance

Je n'en sais rien du tout,

Et ça me perturbe.

Si fort, constamment.

Ma tête est vide de sens.

Ton corps marche frivole,

Tranquille, évadé de mes veines,

Tes mœurs sont morts dans mes bras,

Mets ta tête contre moi.

Les pensées me hantent.

Je sais que l'on est en train de perdre.

Mets ta tête contre moi.

Chuchote-moi des mots d'amour,

Guignols et tous ceux qui s'en suivent.

Mets ta tête contre moi.

Rêve Vomitif

Le moment était chargé de bruit,

Les gouttes d'eau s'écrasaient une à une contre le sol déjà trempé, et face à la buée asphyxiante que génère mon corps, couvert, nécrosé.

Couvert d'une chemise blanche aux baisers rouges d'un amour flamboyant.

Sur le col, tirant vers son cou,

On peut entendre les cris d'une apocalypse solennelle.

C'est l'heure du combat.

Le moment était chargé de bruit,

Le vent orné de douceurs orgasmiques,

Le dos courbé,

La peau visible, mais tendrement cachée par une fenêtre de textile translucide,

Son cri de souffrance audible pour la moitié de la planète.

La douche, qui se fait éteindre par une cigarette,

Un rêve vomitif, mais passionnant, qui sait orner les esprits fantomatiques.

Quelqu'un est-il capable de m'aimer ?

Je sais que tu ne peux pas m'aimer…

Quelqu'un peut-il me rendre heureux ?

Enfin ?

En vain, nos corps se lèvent.

Ils se nécrosent.

Ma chemise blanche à baisers se noie dans le bassin où je l'ai abandonnée en allant te chercher.

Mon corps s'électrise,

Il y a tout un monde au travers de tes yeux,

J'ai pleuré quelques larmes en trop.

Il a des cheveux qui se balancent dans le vent,

Un désir immonde à rendre sage.

Noyé par les gouttes de pluie qui étouffent encore plus la chemise,

Je regarde mon monde redessiner ses jolies courbes.

Il a la forme de ton nez, petit au bout relevé.

Il a la forme de tes lèvres, leurs couleurs et leur zèle rose et chaste.

Il a la forme de tes yeux, à l'azur inconnu, profond comme tes pages.

Il a la couleur de ta peau tapageuse, une fanfare aux trompettes de sang.

Il a les mêmes cheveux, ils entrent en osmose.

Le monde tourne,

La sobriété rayée du dictionnaire.

L'amour n'existe pas,

Mais pourtant je t'aime.

Je t'aime.

C'est mon seul objectif,

Aussi nocif qu'une lame de rasoir

Je veux te dévorer la chair.

Nuire à ton sang, arrêter sa course

Et je serai derrière toi,

Ou à l'intérieur de toi.

Mon amour, ma peau bleue t'attendra.

Âme Sœur

- Tu crois en l'âme sœur toi ?
- Non.
- Tu devrais.
- Pourquoi ?

Comme une pierre qui s'incline tendrement vers le ruisseau,

Mon ventre brûle quand il te voit.

À genoux,

La respiration saccadée,

Mon cœur manque plusieurs battements mais bat plus vite, quand il te voit.

- Tu crois en l'âme sœur toi ?
- Non, toujours pas.
- Pourquoi ?

C'est ainsi qu'une belle histoire peut se terminer,

Ternie par une sensibilité tachée de sang impur,

Une cigarette qui se termine, infiniment.

- Pourtant tu aimes la cigarette.
- Oui mais elle meurt.
- Sauf que tout et tout le monde fini par mourir.
- Pourquoi ?
- Je ne sais pas…

- Tu ne sais rien !
- Si, je sais qu'un jour, tout sera fini.

Pas Encore

Ne recommence pas, ne me regarde pas comme ça,

Crois-y,

Avec moi.

Arrête les mensonges,

Arrête les secrets.

Ne recommence pas.

Ne me donne pas ces yeux là.

Ne ternit pas ton sourire quand tu me vois,

Bascule tes cheveux en arrière comme tu le faisais les dernières fois…

Avant moi.

Souris comme tu n'as jamais souris…

Souris pour moi !

Relis mes mots,

Rend-leur leur tendresse,

Rend-leur leur vie,

Embrasse-moi.

Ose toucher le rêve,

Ose vivre, chimère placardée.

Redeviens l'intrépide que tu as un jour été.

Et si un jour le monde venait à disparaître,

Je veux que ma main soit dans la tienne.

On n'a pas longtemps à vivre.

Je te promets qu'on n'a pas longtemps à vivre.

L'horloge tourne.

Touche le rêve.

Touche moi.

Souris intrépide…

Souris !

Profite de l'histoire,

De l'amour sage,

Tombe amoureux,

Fracasse toi comme tu m'as fracassé,

Ça fait tellement de bien je te jure.

La vie est obscure.

Mais pas avec toi.

Seul à seul,

Tords ton corps,

Cours, marche, vole,

Souris !

Par pitié !

Regarde mes larmes et souris !

J'aime te voir sourire.

Ou alors parle.

Parce qu'il vaut mieux parler que mourir…

Un jour pour toujours

Regarde les essences,

Ignore-les.

Je t'aime.

Ne m'ignore pas.

Je t'aime.

Pas encore.

Ne recommence pas.

Laisse-moi parler cette fois.

Dans tes yeux je nous vois,

À deux,

Pensées blanches,

Rouges et roses,

Lis les poèmes,

Vis les poèmes,

Aime les poèmes,

C'est une évidence.

C'est toi et moi à tout jamais.

Je n'Avais Pas Fini

Intrépide écoute moi encore une fois pendant deux secondes par pitié.

Je me suis trompé en écrivant la lettre.

En fait si c'est carrément de l'amour.

T'as le même effet sur mon cœur qu'un coup de soleil sur ma peau, quand tu passes mon estomac se retourne et mes rétines te suivent instinctivement.

Comme si c'était toi faisait couler le sang dans mes veines.

Quand tes yeux se posent sur mon visage c'est comme si toutes les étoiles explosaient et qu'on était seuls au monde, à deux, rien qu'à deux.

C'est toi, je le sais, jamais je n'ai vécu quoi que ce soit comme ça.

Arrête de fuir, je sais que je n'ai rien à t'offrir à part peut-être une âme en ruine et mes mots de poète ridicules qui te prouveront que je t'aime à chaque mouvement de la fine aiguille de toutes les horloges du monde.

Alors mettons la à zéro, et oublions l'espace.

Donne moi des coups de soleil, fais nous y croire.

Que nos mains se touchent et que je puisse t'embrasser.

Nos deux âmes se sont déjà aimées.

Calepin

Il y a des pages pour toi où ton nom n'apparaît pas, mais ton âme y est parfaitement décrite.

Fin

Remerciements

Cet ouvrage est né, fruit de réflexions, de doutes, de questions qui, même aujourd'hui, demeurent sans réponses. Je voudrais d'abord te remercier toi, papa. Pour toutes nos conversations philosophiques sur la jeunesse, la vieillesse, la compréhension du monde et la saveur des choses. Tu m'as beaucoup apporté, sache-le, m'ayant quasiment tout appris.

Si ce recueil est entre vos mains aujourd'hui, c'est aussi grâce à toi maman. Tu me maintiens en sécurité, même si la frustration (lisible dans certains poèmes) me ronge parfois, j'ai conscience que tu le fais en partie pour que je garde la capacité d'écrire. Et merci pour ça. Merci pour ton âme littéraire, merci pour les armes, merci pour tout. Je t'aime.

Aussi je me dois de remercier mon frère et ma sœur qui, en grandissant, me donnent de fortes leçons d'humanité et de compréhension des âmes. Honnêtement, parfois je me demande ce que je ferai sans vous.

Merci à ma famille aux caractères variés, vous n'échouez jamais à nous faire nous sentir mieux, l'on se complète, dans nos rires et nos larmes. Nous sommes des bouées de sauvetage les uns pour les autres, et je ne puis être assez reconnaissant de tous vous avoir.

Enfin merci à vous, mes amis proches, qui me lisez et essayez de comprendre les textes sans vraiment y arriver mais c'est pour ça qu'on s'aime. Special thanks à Lea qui a passé pas mal de son temps à écouter mes réflexions à haute voix sans même les comprendre parfois. Merci à STK, toujours là depuis bientôt quatre ans, avec les mêmes et perpétuels bons moments que l'on passe à s'échanger nos histoires.

Merci à certains professeurs qui m'ont guidé pendant deux ans, fusils en main, pour qu'enfin je réussisse à entrer dans les cadres académiques. Objectif pas encore atteint mais nous sommes sur la bonne voie.

Et enfin merci à eux, à ceux qui m'ont fait écrire, inconnus comme intrépide…

Coups de Soleil

Printed in Great Britain
by Amazon

33137147R00208